My Christmas Bodyguard

Estelle Every

Couverture : M.A. VISION
ISBN : 9782492943027
Dépôt légal : janvier 2022

My Christmas Bodyguard

Estelle Every

Prologue

Trinity

Depuis ma loge dans les coulisses, je peux entendre que la foule est en délire. Le match est rediffusé sur un écran fixé au mur, mais je n'y prête pas attention. De toute façon, je n'ai jamais aimé le football, même au lycée je trainais des pieds pour accompagner mes amies aux matchs.

Qui aurait pu croire à cette époque que je serais celle qui fait le show musical pendant la pause du Super Bowl ? Certainement pas moi.

Un assistant passe la tête dans la loge pour annoncer :

— Trois minutes !

Un compte à rebours qui ne concerne que moi est enclenché depuis le début de la rencontre. L'habilleuse a déjà terminé son travail avec moi. Il faut dire que je suis plutôt dévêtue ce soir : un justaucorps recouvert de sequins scintillants à manches longues et une paire de bottines noires vernies sont les seuls éléments de ma tenue. Je regarde mon reflet dans le miroir tandis que la maquilleuse apporte les dernières retouches sur mes jambes.

Mes cheveux, teints en rouge pour l'occasion, sont rassemblés en une queue de cheval au sommet de mon crâne, les longues et épaisses mèches de rajouts qui s'en dégagent dévalent jusqu'en bas de mon dos.

Mon agent entre dans la pièce sans frapper. Murray est un homme petit et discret en apparence, mais il est redoutable en affaires, c'est bien pour ça que je l'ai engagé.

— C'est presque l'heure, m'annonce-t-il.

Discrète, la maquilleuse remballe son matériel et nous laisse seuls. Au contact de Murray, tout le monde s'agite, je ne sais pas quelle est sa technique au juste, mais ça ne loupe jamais.

Il me passe en revue, et je peux presque entendre les rouages de son cerveau tourner à toute allure. J'ai des sponsors avec lesquels de gros contrats ont été signés juste pour le Super Bowl, il faut donc que chacun retrouve les produits pour lesquels il a déboursé une somme plus que substantielle.

C'est une partie de mon travail que je déteste : le placement de produits.

— Tu ne peux pas mettre un peu plus de rouge à lèvres ? s'enquiert mon agent.

Je jette un coup d'œil à mon reflet et à ma bouche qui scintille plus que toutes les décorations du sapin de Rockfeller Center réunies :

— Un peu plus de ce truc, et je finirai les lèvres collées l'une à l'autre, alors non merci.

Ce n'est pas la première fois que nous avons ce genre de conversation, mais ce soir, je proteste pour la forme, et surtout pour chasser le trac qui est en train de monter en moi. J'ai beau être une professionnelle rompue à l'exercice, il n'en reste pas moins que c'est la première fois que je chante pendant le Super Bowl (et pas la dernière, j'espère). Les yeux de l'Amérique entière seront rivés à ma prestation, cette représentation peut propulser ma carrière à son zénith, comme elle peut la défaire en l'espace de quelques minutes.

Quitte ou double. Faites vos jeux, rien ne va plus…

Mon agent me dévisage, et je suis pratiquement certaine que lui aussi comprend ce qui se passe en moi.

— Tu vas assurer, déclare-t-il.

— Comme si j'avais le choix, marmonné-je.

L'assistant passe à nouveau la tête dans la loge pour continuer son décompte :

— Deux minutes !

Murray ne lui jette pas même un regard, il reste concentré sur moi.

— Écoute Trinity, tout le monde ne parle que de toi. Tu es le phénomène du moment, et je compte bien que ça dure.

Le ton de mon agent n'a rien de paternel, c'est un professionnel rompu au show-business qui a géré les carrières de grandes stars du pays, et il possède l'assurance que lui confère son expertise. J'ai toute confiance en lui.

— Les fans se sont mobilisés sur les réseaux, des vidéos sont devenues virales pour te demander d'animer le show du Super Bowl. Ce n'était jamais arrivé auparavant...

— Inutile de me répéter tout ça, je connais ton argumentaire par cœur, Murray.

Voilà comment je me retrouve dans le stade de Minneapolis, à l'autre bout du pays, apprêtée pour entrer sur scène, au lieu d'être tranquillement chez moi dans ma villa de Los Angeles.

Mais mon agent ne semble pas en avoir terminé avec moi :

— Tu sais que je ne suis pas du genre à être démonstratif.

Je me mords la joue pour ne pas rire. C'est un euphémisme ! Murray est vraiment impassible, aussi expressif qu'un mur de béton, quand il l'a décidé...

Il se place face à moi pour me regarder droit dans les yeux. Cela nécessite que je baisse la tête puisque même quand je ne porte pas de talons je suis déjà plus grande que lui...

— Mais je tenais à te dire que je suis fier de toi, ajoute-t-il.

Une émotion nouvelle me gagne, s'ajoutant au stress de me produire devant des millions de spectateurs.

— Arrête ça, Murray. Tu commences à me foutre la trouille.

L'ombre d'un sourire arque sa bouche, mais c'est tellement bref que je pourrais aussi bien l'avoir imaginé.

La porte de la loge s'ouvre à la volée, juste le temps pour l'assistant de nous lancer :

— Une minute !

Cette fois, il faut vraiment que je me bouge. Je lance un dernier regard à mon agent qui m'adresse un hochement de tête, et je quitte la loge. À l'extérieur, une foule de personnes s'affaire dans tous les sens. Dans une poignée de secondes la machinerie du Super Bowl se mettra en marche pour livrer un spectacle grandiose au public en délire. Et toute la responsabilité repose sur mes épaules.

Je me sens soudain plus petite et fragile que je ne le suis…
Allez ! Tout va bien se passer !

J'essaie de me motiver. De toute façon, j'ai l'habitude maintenant : avant chacun de mes spectacles, je suis stressée à en vomir, mais tout s'évanouit à l'instant où je monte sur scène.

On me conduit jusqu'à l'esplanade qui va s'élever pour me faire émerger au beau milieu du stade. J'ai tout mémorisé et tandis que les secondes défilent sur un compteur électronique, je visualise les projecteurs éclairant le stade s'éteindre un à un jusqu'à plonger l'assistance dans l'obscurité.

C'est moi qui ai imaginé cette entrée : j'ai eu des privilèges, car ce sont les organisateurs qui sont venus me chercher et non l'inverse. De nombreuses chanteuses rêvent d'une telle opportunité, j'en suis bien consciente, pourtant quand on m'en a parlé, j'ai tout de suite pensé que cela arrivait trop tôt dans ma carrière…

Un autre assistant, ou peut-être le même, je n'arrive plus à les différencier, vérifie que mon micro est bien activé.

Une voix s'écrie :

— Tout le monde dégage de la plateforme ! On y est ! Début dans : 5, 4,…

La fin du décompte se perd à mesure que le plateau s'élève pour traverser le sol du stade, puis les projecteurs m'éclairent.

Les spectateurs sont plongés dans le noir et les écrans des téléphones portables éclairés forment des constellations de lucioles autour de moi. Les premières notes se déversent sur la foule. Elles m'entourent et m'entrainent. Je les connais par cœur puisque je les ai composées. J'ai même écrit une nouvelle intro spécialement pour ce show.

La chorégraphie commence, mon corps se balance en rythme. Je ne réfléchis plus à rien. Les mouvements sont imprimés en moi, je me suis entrainée jusqu'à ce que chacun d'entre eux devienne un réflexe. Les danseurs me suivent sur les notes de *Ugly inside Me*, le morceau qui m'a fait connaitre.

Ma voix s'élève, tour à tour puissante et douce :

The blame you never pretend
Look inside my heart
Look throw my soul
The shame I ever fend

J'ai écrit cette chanson alors que je croyais traverser un chagrin d'amour. Avec le recul, je me rends compte que je n'étais qu'une gamine de quinze ans qui avait un crush sur un autre ado. Mais je crois que la sincérité de mes mots a touché le public.

Je dévoile une part de moi à des milliers de personnes qui ne me voient pas. Ils perçoivent celle que j'ai créée : Trinity. Nikki James, elle, est bien cachée. J'ai pourtant la sensation que mon âme est mise à nue devant les spectateurs qui entonnent en chœur les paroles que j'ai écrites :

My pain never fade
You can't change
My hunger for revenge
Price must be paid

Le premier tableau s'achève déjà. Monter sur scène est comme entrer dans une dimension parallèle où le temps s'écoule différemment… Tout va beaucoup trop vite.

La plateforme redescend et la course contre la montre recommence. Un bataillon de professionnels s'affaire autour de moi. On me passe une volumineuse jupe en organza tandis que la coiffeuse retouche quelques-unes de mes mèches et que la maquilleuse change la couleur de mon fard à paupières. L'ouverture sur le devant de l'imposante jupe dévoile mes jambes. Dans mon métier, il n'y a aucune place pour la pudeur, mon corps n'est qu'un outil, et c'est de cette manière que j'ai appris à le considérer.

Le plateau refait le trajet en sens inverse tandis que le morceau suivant commence. C'est une ballade. Je me souviens du moment où mon producteur m'a demandé de l'écrire. J'étais alors entrée dans une colère noire parce qu'on m'imposait un choix artistique qui n'était pas le mien, mais il n'en avait pas démordu : pour avoir du succès, un album devait avoir un morceau plus romantique. Alors je l'avais écrite cette foutue chanson. J'y avais mis ma plus mauvaise volonté, mais elle était quand même sortie. Je n'avais pas composé la mélodie, ça, c'était trop me demander. Cependant, je dois admettre qu'il avait raison : ce morceau est un des plus populaires de mon répertoire. Je l'apprécie même un peu, parfois.

Fidèle à la chorégraphie, je lève la tête vers le ciel. Les projecteurs m'empêchent d'apercevoir les étoiles, mais je sais qu'elles sont là. Pour la première fois de ma carrière, et pas la dernière j'espère, je reçois les acclamations du public du Super Bowl.

Je reporte mon attention sur les gigantesques gradins remplis d'une foule compacte qui m'applaudit. C'est la folie. Vraiment. J'évolue sur la scène pour saluer, et je m'apprête à faire demi-tour lorsqu'une détonation retentit.

Mon cœur manque un battement avant d'accélérer à toute allure quand le choc me projette au sol. L'élan de panique qui parcourt l'assemblée à l'instant où tout le monde se rend compte de ce qui se passe est indescriptible.

La douleur me vrille la jambe tandis que mon cerveau est encore un peu engourdi par la stupéfaction, mais ça ne dure qu'une fraction de seconde avant que l'atroce vérité n'éclate dans ma tête : on vient de me tirer dessus !

J'ai vaguement conscience que des personnes m'entourent, et qu'on me soulève pour me faire quitter la scène. Je crois que je crie quand on examine ma blessure. Parmi le brouhaha ambiant, j'entends une voix masculine :

— On a une blessure par balle à la cuisse. Le garrot est posé. Il faut l'évacuer le plus vite possible !

Et le reste ne me parviendra jamais, car les ténèbres m'engloutissent.

Le rideau est tombé. Fin du spectacle.

1

Samuel

Neuf mois plus tard

La salle est remplie, mais je n'ai pas le cœur à l'ouvrage. Mes clients me regardent, certains m'adressent un sourire ou un salut sur mon passage. Je réponds par un mouvement de la tête, trop préoccupé pour prodiguer mes conseils. Il faudrait pourtant que je me soucie du bienêtre de mes adhérents, sous peine de les voir déserter ma salle, et je n'ai pas besoin de ça en ce moment…

Je grimpe quatre à quatre les marches métalliques qui conduisent à la mezzanine où se trouve mon bureau. Ce n'est qu'une fois enfermé dans cet abri relatif, que je m'autorise un petit moment de découragement…

En dépit de tous mes efforts, mes pensées restent focalisées sur l'entretien que je viens d'avoir avec Helfer. Cet homme est le diable incarné, je ne vois pas d'autre manière de le décrire. Ce n'est pas tant son physique qui me fait penser ça que son attitude. Il est sans pitié et n'hésite pas à envoyer ses hommes de main si nécessaire. Je n'ai pas (encore) eu affaire à eux, mais ça ne saurait tarder : je suis en défaut de paiement. Et s'il y a une chose avec laquelle Helfer ne plaisante pas, c'est bien son argent.

Je pousse un soupir de désarroi. Planté devant la large baie vitrée, j'observe les hommes qui s'entrainent en bas. Cette salle de boxe, c'était un rêve. Et je me suis accroché, j'ai fait tout ce qu'il fallait pour arriver à l'ouvrir, quitte à emprunter de l'argent aux mauvaises personnes. Et maintenant, je suis en train de le payer cher (sans mauvais jeu de mots).

Il faut pourtant que je me ressaisisse et que je trouve une solution rapidement, sans quoi la salle fermera, et mon cadavre risque bien d'aller nourrir les poissons au fond du Pacifique.

La sonnerie de mon téléphone se met en marche, et c'est une chanson bien connue qui envahit la pièce : *All I Want For Christmas Is You*. Je maudis intérieurement Mariah Carey, car j'en suis quitte pour avoir cet air dans la tête toute la journée, et récupère l'appareil qui est posé sur mon bureau.

Le visage grimaçant de ma sœur s'affiche sur l'écran. Je réprime un sourire attendri et décroche :

— Sami !

Venant de toute autre personne que de Valentine, ce surnom me taperait sur les nerfs, mais ma petite sœur bénéficie d'un avantage que personne d'autre n'a sur cette planète : je l'aime de manière inconditionnelle.

Malgré tout, ma réponse tient plus du grognement qu'autre chose, et Val s'exclame :

— Tu n'as pas pris ton café, c'est ça ?

Cette fois, je ris tout bas. Cela ne dure pas, mais je me sens tout à coup un peu plus détendu.

— Qu'est-ce qu'il y a, Val ?

J'entends des bruits étouffés dans l'appareil, et je jurerais qu'il y a même une voix masculine. Ma tension grimpe aussitôt :

— Qui est avec toi ?

— Personne !

Réponse trop rapide prononcée sur un ton trop haut perché pour être honnête.

— Val…

— C'est un ami, je t'assure !

Donc elle est bien avec un mec.

— S'il fait quoi que ce soit…

— Relax ! Il est super, et il n'a rien fait pour que tu t'énerves.

— Pas encore, grommelé-je.

Un silence passe dans le combiné, et je pressens que si ma sœur m'appelle, c'est qu'elle a besoin de quelque chose. D'argent, probablement…

— Écoute, Sami, je voudrais aller à l'observatoire et ensuite sortir un peu…

Je fronce les sourcils, pas certain du tour qu'est en train de prendre cette discussion. D'habitude, je devine ce que désire Valentine avant même qu'elle n'ait ouvert la bouche, mais aujourd'hui, je suis trop plongé dans mes emmerdes pour faire preuve de discernement.

— J'aurais besoin de cent dollars, annonce ma sœur à l'autre bout du fil, je te promets que je te les rendrai très vite…

Mon regard quitte la salle où les boxeurs s'entrainent, je n'écoute plus Valentine qui m'explique comment elle entend me rembourser. Tout ce à quoi je pense, c'est à notre mère qui est à peine capable de s'occuper d'elle-même et qui jongle avec plusieurs jobs de serveuse pour joindre les deux bouts. Je fais ce que je peux pour elles deux, mais force est de constater que je ne suis pas meilleur que ma mère puisque je suis complètement à sec…

— Où es-tu ? demandé-je à ma sœur.

— Devant la salle.

Je ferme brièvement les yeux. J'ai beau faire des calculs dans tous les sens, il n'y a aucune solution : je ne vais pas tarder à couler. Et je vais entrainer ma mère et ma sœur dans ma déchéance.

Ma gorge se serre. Je ne veux pas que Valentine manque de quoi que ce soit, tout ce que j'ai toujours désiré, c'est qu'elle mène une vie d'ado normale. Cette vie que je n'ai pas eue…

Je m'entends dire :

— Monte.

Une exclamation de joie s'élève du téléphone juste avant que je ne raccroche. Je suis tout à fait conscient que ma sœur n'a pas un besoin urgent de cette centaine de dollars, mais elle ne me demande jamais rien. J'ouvre le tiroir de mon bureau au moment où elle pousse la porte de la pièce.

— C'est tout ce que j'ai, Val.

Je lui glisse les trois billets de vingt dollars dans la main, mais elle n'y prête pas attention. Elle me saute au cou et dépose un baiser sur ma joue :

— T'es le meilleur des frères ! Merci.

Son regard bleu pétille. Elle semble tellement joyeuse en cet instant, que je me dis que je serais prêt à tout pour la voir comme ça tous les jours.

Et il faut des billets verts pour ça ?

J'ai une moue amère. Non, il n'en faut pas forcément, mais ça aide quand même bien… Et puis, ce n'est pas comme si j'étais à soixante dollars près, vu que j'en dois plusieurs milliers à Helfer.

J'échange quelques mots avec Valentine, mais nous sommes interrompus par Griffin, un de mes employés, qui frappe à ma porte :

— Désolé de te déranger, y a un mec qui demande à te voir en bas. Salut, Valentine.

— Salut, Griffin !

Je fronce les sourcils et remercie mon employé qui s'éclipse.

— Je vais y aller, m'informe ma sœur.

Elle sautille presque de joie, ce qui me fait suspecter que l'argent que je viens de lui donner n'est pas pour faire une visite touristique.

— Val ! la rappelé-je au moment où elle s'engage sur la première marche des escaliers.

Elle se retourne, une lueur interrogative dans le regard.

— Si j'apprends que tu as fait des bêtises avec ce mec, je m'occuperai de son cas. Et du tien ensuite.

Je n'ai pas besoin de me montrer plus explicite, elle sait très bien ce dont je suis capable. Elle s'enfuit sans demander son reste. Et mes pensées prennent un tour plus sombre…

Si Helfer m'a prêté cet argent, avec un taux d'intérêt aussi énorme, c'est justement parce qu'il comptait sur le fait que je ne m'en sortirais pas. Son objectif est très clair : il veut que je devienne un de ses mecs, ceux qu'il place dans des combats clandestins, souvent truqués, où il remporte un paquet d'argent.

Je me ressaisis et quitte mon bureau. Il se pourrait que j'aie un nouvel adhérent potentiel à convaincre de s'abonner à ma salle. Je carre les épaules et me dirige vers la réception où un homme de petite taille patiente.

— Bonjour, je suis…

— Samuel Blake, termine-t-il.

Je fronce les sourcils avant de me rendre compte que si cet inconnu est ici, c'est probablement parce que ma réputation m'a précédé, à moins que ce soit Helfer qui l'envoie… Mais tandis que je considère l'inconnu, je me rends vite compte que j'aurais le dessus sur lui si nous en venions là. Et puis, Helfer ne fait pas dans la dentelle quand il s'agit d'envoyer ses sbires.

Non, cet inconnu n'a rien à voir avec le mafieux. Je me détends imperceptiblement.

— Qu'est-ce que je peux faire pour vous, monsieur ?

— Je m'appelle Murray.

Il se présente comme s'il n'avait pas de prénom, ou de nom, car je ne sais pas exactement à quoi Murray correspond. Je n'ai pas le temps de m'interroger davantage, car mon visiteur reprend :

— J'ai besoin de vos services.

— Vous pensez à quoi ? Entrainement pour la compétition, remise en forme, initiation ? Tout est possible, avec des formules tarifaires différentes, bien entendu.

Murray me dévisage un instant, comme s'il considérait la question.

— J'ai besoin de quelque chose de plus… personnalisé, répond-il enfin.

— Dite-m'en plus.

Je croise les bras sur mon torse et m'appuie au comptoir de l'entrée. Quelle que soit la demande de ce nouveau client, je suis en mesure d'y répondre. Tout dépend de son budget.

— De garde rapprochée.

Je m'attendais à tout, sauf à ça.

— J'entraine mes clients à la boxe, Murray, je ne suis pas agent de sécurité.

Aucune expression ne traverse le visage de mon interlocuteur. Je commence à comprendre que sous son apparence inoffensive, se cache une force de caractère hors norme.

— Quel est votre prix ? demande-t-il enfin.

Je devrais être heureux de cette opportunité qui se pointe par l'opération du Saint-Esprit, or ce n'est pas le cas. Dans la vie, il n'y a jamais d'argent facile, je suis bien placé pour le savoir.

— Je ne suis pas bodyguard, répété-je.

Mais mon interlocuteur ne se laisse pas démonter pour si peu :

— Laissez-moi être parfaitement clair, monsieur Blake, ma cliente a besoin d'une protection rapprochée, jour et nuit. Et elle a les moyens de vous payer. Nous sommes prêts à vous donner une avance conséquente, si cela peut vous aider à vous décider.

Cette fois, une sonnette d'alarme retentit dans ma tête. Je flaire le piège. Cette histoire est trop facile pour être honnête.

— Je ne suis pas à vendre, tranché-je.

Je m'apprête à faire demi-tour quand une liasse de billets passe devant mes yeux pour venir se poser sur le comptoir.

— Très bien. Considérez ceci comme un dédommagement pour le temps que je viens de vous faire perdre.

Mon regard passe des billets à Murray. Il déconne ou quoi ? À vue de nez, il doit bien y avoir dans les cinq-cents dollars…

Attention !

Oui, je sais bien que ce n'est jamais aussi simple, qu'il y a anguille sous roche. Forcément. La vie n'est jamais tendre avec moi, donc je suis certain que tout ça cache quelque chose.

— Voici ma carte. Je vous laisse jusqu'à demain pour vous décider, monsieur Blake.

Murray me lance un dernier regard avant de tourner les talons. Il est sur le point de franchir le seuil lorsque je lui lance :

— Pourquoi moi ?

Le petit homme se retourne :

— Je sais que vous êtes le meilleur dans votre domaine.

— Peut-être quand il s'agit de boxe, mais vous me demandez tout à fait autre chose.

Murray pivote vers moi :

— On n'arrive pas à votre niveau si on ne possède pas un minimum d'instinct, mais aussi de discrétion. Ce sont deux qualités que ma cliente recherche.

— Qui est-elle ?

Murray secoue la tête :

— Vous acceptez la mission ?

— Difficile de me prononcer sur un contrat dont je ne connais pas les termes.

Une lueur passe dans les yeux de Murray, c'est la première réaction que je lui vois.

— Je vous envoie toutes les informations par mail. Vous avez jusqu'à demain pour vous décider, ensuite mon offre sera caduque.

Je me contente de hocher la tête et il s'en va. Je reste figé un long moment. Cette entrevue improvisée me laisse une drôle de sensation…

Lorsque je regagne mon bureau, un e-mail est arrivé dans ma messagerie. Murray n'a pas menti : il m'a envoyé tous les termes du contrat.

Je devrais travailler tout le mois de décembre, dans un lieu encore indéterminé, mais sur le territoire américain.

Ce qui veut dire que je ne serai pas là pour Noël…

La simple idée de ne pas passer les fêtes avec ma sœur me fait grincer des dents, et je suis sur le point de refermer le message sans lire la fin, mais une série de chiffres attire mon attention.

— Oh putain !

Je me renfonce dans mon siège, le regard rivé à cette somme indécente. Ce n'est pas possible ! Mais tout de suite, je repense aux cinq-cents dollars qu'il m'a presque balancés au visage… Qui que soit sa cliente, elle a de gros moyens financiers.

Mon cerveau se met à échafauder des hypothèses sur son identité : la Première Dame ? Non, les services secrets n'auraient jamais embauché quelqu'un qui a des dettes envers Helfer, criminel notoire.

Une politique ? Une star de cinéma ? Une milliardaire ?

Mes spéculations sur l'identité de la cliente potentielle s'évanouissent au moment où mon cerveau commence à calculer ce que cet argent pourrait m'apporter… Je pourrais rembourser Helfer, et il m'en resterait un peu pour Val.

Je grince des dents. Je suis pris à la gorge, et la seule manière de m'en sortir vient de m'être offerte sur un plateau. Pourquoi est-ce que j'hésite encore ?

2

Nikki

Le soleil brille et l'océan scintille en contrebas. Pourtant, cette vue sublime, qui justifie la somme astronomique que j'ai dépensée pour acquérir la villa, ne parvient pas à m'apaiser. Ma propriété est perchée à flanc de falaise au-dessus de l'océan Pacifique. Il n'y a rien d'autre à l'horizon que les flots bleutés et le ciel.

Un bruit derrière moi me fait sursauter. Je tourne la tête pour découvrir Colter, le chef de mon équipe de sécurité.

— Bonjour, mademoiselle Trinity.

Tous mes employés m'appellent par mon nom de scène. Je réponds d'un simple hochement de la tête. L'homme ne s'offusque pas de mon manque de réaction, sans doute trop habitué à mon attitude impassible depuis quelques mois.

— Mademoiselle, Murray m'a demandé de vous prévenir de son arrivée.

Le regard perdu sur l'horizon, je ne manifeste aucun intérêt pour l'annonce que vient de me faire l'agent de sécurité.

— Qu'est-ce que vous voulez que ça me fasse ?

Mais ma réponse passe à la postérité, car Colter est déjà reparti. Je crois qu'il a perdu l'espoir de me faire réagir depuis longtemps, même s'il s'obstine à venir me prévenir lui-même chaque fois que quelqu'un se présente à la villa. Ce qui n'arrive plus très souvent, je dois bien le reconnaitre. Et c'est tant mieux ! Je ne veux voir personne.

Je m'absorbe à nouveau dans la contemplation du paysage. Je ne sais même pas combien de temps s'écoule avant que mon agent ne me rejoigne.

— Tu n'es pas sortie de la semaine, constate-t-il.

Il parle de la propriété, de fait, je ne la quitte presque plus. Le monde à l'extérieur de l'enceinte sécurisée ne m'intéresse plus. Il le sait, mais il s'en fiche.

Je me contente de hausser les épaules :

— Bonjour à toi aussi, Murray.

Un profond soupir me répond.

— Tu ne peux pas continuer comme ça, Nikki.

Je tique, car il utilise mon prénom, et non le pseudo sous lequel le reste du monde me connait. Mais Murray fait partie du peu de gens proches qu'il me reste, sans doute le seul qui ose encore me dire les choses franchement, et il ne s'en prive pas. D'ailleurs, on dirait qu'aujourd'hui il a décidé d'être encore plus direct :

— Ton agression…

Je le corrige :

— Tentative de meurtre.

Pour moi, la différence est considérable entre être agressé et se prendre une balle. J'ai tourné la tête vers lui et l'observe. Il a toujours son expression impénétrable que j'appelle sa « poker face », et quand il est comme ça, impossible de dire à quoi il pense. En fait, il porte presque toujours ce masque, mais avec moi il le quitte parfois. Dans ces moments-là, je peux lire en lui et me souvenir qu'il est humain malgré tout.

— Les ventes ont explosé après le… Super Bowl, mais ça ne durera pas pour toujours. Il faut que tu sortes un nouvel album.

— Non.

Ma réponse a fusé, aussi sèche que le son de la déflagration de la balle que j'ai pris dans la jambe ce soir-là.

— Comme tu voudras, répond mon agent.

Mais j'ai comme l'intuition qu'il n'en restera pas là. Ce n'est pas son genre de jeter l'éponge si facilement…

— Mais tu vas sortir d'ici, ajoute-t-il.

Je fronce les sourcils.

— Pour aller où ? Faire du shopping ? Me promener sur la plage, peut-être ? Ne me parle pas d'une interview parce que je te jure que si je m'adresse à un journaliste, tu auras du boulot pour tout rattraper…

Murray lève la main pour me faire signe d'arrêter de parler.

— Tu vas aller te mettre au vert pour quelque temps.

J'en reste bouche bée, et cille plusieurs fois.

— Je… quoi ?

Mon agent sort une enveloppe de la poche de sa veste :

— Tu te souviens d'Elloïs Monroe ?

Comment pourrais-je l'oublier ? Il s'agit de l'unique meilleure amie que je n'ai jamais eue. Je croise les bras sur ma poitrine :

— Qu'est-ce qu'elle vient faire dans cette histoire ?

— Elle vit à Carroll Falls maintenant, une petite ville dans les Rocheuses. J'ai mené mon enquête : elle est irréprochable. C'est une chouette fille.

Murray est en train de me vanter les mérites d'une personne que je n'ai plus vue depuis des années. C'est du délire ! C'est ça ! Je dois être en train de rêver.

Je pince la peau de mon avant-bras, et la douleur m'apprend que non, je ne suis pas en train de dormir. Sous le choc de l'annonce de mon agent, je saisis machinalement l'enveloppe qu'il me tend.

Le papier blanc que je déplie est recouvert d'une écriture fine dont les pattes de mouches me sont vaguement familières. Qui écrit encore des lettres aujourd'hui ? Je déchiffre le courrier avant de lever les yeux sur Murray.

— Pourquoi tu me donnes ça ?

— Parce que c'est le bon moment.

— On dirait qu'elle m'en a envoyé d'autres, fais-je remarquer.

— C'est le cas.

Le visage de Murray reste insondable, et j'ai presque envie de le secouer pour qu'il me dise toute la vérité.

— Et ? Pourquoi je ne les ai jamais eues ?

Ma voix trahit l'impatience qui me gagne.

— Sans doute parce que tu ne lis pas le courrier de tes fans.

Je n'ai rien à répliquer, car c'est la stricte vérité.

— Elle propose que tu passes les fêtes de fin d'année chez elle, ajoute mon agent.

Cette fois, je me mets à rire tant l'idée me parait incongrue, mais face à la *poker face* de Murray, je finis par me ressaisir.

— Tu plaisantes, j'espère ?

Il hoche la tête :

— Il faut que tu sortes d'ici, et que tu te rétablisses. Tes fans n'attendent que toi…

— Mes fans ou le label ? demandé-je d'une voix acide.

— Les deux.

Je pince les lèvres. Je ne dois rien à mes producteurs. En ce qui me concerne, je considère avoir rempli ma part du contrat, et même plus en me faisant tirer dessus. Tout ce que j'ai gagné dans cette affaire, c'est un gros chèque de dédommagement et une carte me souhaitant un bon rétablissement.

Eh oui, voilà la dure réalité du monde du showbiz : les artistes sont remplaçables.

Insensible au cheminement de mes pensées, Murray reprend :

— Je peux organiser ton voyage là-bas en jet privé. Tout ce que tu as à faire, c'est aller à Carroll Falls et te reposer.

— C'est hors de question !

Cette fois, Murray affiche une expression parfaitement lisible : la déception.

— Je ne peux pas te forcer, Nikki.

Il marque un silence.

— Mais ? demandé-je.

— Mais tu ne peux pas passer le reste de tes jours dans cette villa. Tu es trop jeune pour gâcher ta vie. Alors voilà ce que je te propose : tu vas aller te reposer chez ton amie. Tu fais ce que tu veux de ton temps là-bas. Et à ton retour, si tu me dis que tu ne veux plus chanter, je ne t'ennuierai plus jamais avec ça. Je m'occuperai même de rompre ton contrat avec le label, et tu n'entendras plus jamais parler d'eux ni de moi.

Mon cœur bat vite. Je n'avais jamais imaginé que mettre un terme à ma carrière serait synonyme de fin pour notre relation. Je considère Murray comme le père que je n'ai plus, et la simple perspective de le perdre me fait mal.

Je reporte mon attention sur les flots qui s'abattent sans relâche sur la base de la falaise. L'écume blanche bouillonne et je peux sentir les embruns même à plusieurs mètres au-dessus.

Sa demande n'est pas si dingue, après tout, que peut-il m'arriver dans une ville paumée des Rocheuses ? À part m'ennuyer ferme pendant un mois, je ne vois pas trop.

— Je ferai tout ce que je veux ? l'interrogé-je.

— En ce qui me concerne, Trinity est en vacances pendant quatre semaines. Nikki fera ce qu'elle voudra.

La perspective de retrouver un semblant de normalité me plait. Je ne l'avais pas compris jusqu'à maintenant, mais j'ai besoin de retrouver mon anonymat et ma sérénité d'esprit. Et ce séjour chez Elloïs me semble tout à coup parfaitement adapté.

— C'est d'accord, lâché-je finalement. Mais je ne veux aucun traitement de faveur : je prendrai un vol commercial, et pas de garde du corps. À partir du moment où je quitterai la villa, je redeviendrai une illustre inconnue.

Ma demande pourrait sembler folle, mais ma vie de star de la pop me pèse. Je veux retrouver mon autonomie, et voyager seule me semble être un bon début. Il faut que je m'échappe, et Murray vient de m'apporter la solution idéale.

Je lui lance un coup d'œil. J'ai l'impression de lire de la fierté dans le regard de mon agent, mais je n'en suis pas certaine.

— C'est entendu. On se revoit dans un mois, conclut-il.

❊❊❊❊❊❊

Le chef de la sécurité en personne m'escorte jusqu'à l'aéroport. Moi qui ai pris l'habitude de voyager en jet privé affrété par le label pour aller de salle de concert en salle de concert, je suis un peu perdue.

Je sais que j'ai choisi de prendre un vol commercial, il n'en reste pas moins que ce bain de foule me déstabilise. Colter s'en rend compte au moment où il m'aide à enregistrer mes bagages.

— Tout va bien se passer, mademoiselle.

Je hoche la tête tout en jetant des regards curieux autour de moi, mais personne ne semble me prêter attention. Il faut dire que Nikki est loin d'avoir la même allure que Trinity. Mon alter ego porte toujours des tenues extravagantes, des coiffures improbables, et elle ne sort jamais sans maquillage. Rien ne saurait être plus éloigné de mon look actuel qui tient plus du décontracté qu'autre chose.

Si les paparazzis me surprenaient maintenant, je suis certaine que les clichés feraient la Une des tabloïds, et je sais aussi que les titres racoleurs ne me plairaient pas beaucoup… Encore faudrait-il que l'on me reconnaisse. Mais qui irait imaginer que la célèbre Trinity se mêle au commun des mortels ? Si le terminal des jets privés doit être surveillé par la presse people, les paparazzis ne peuvent pas être partout.

Toutefois, sitôt passé le portique de la sécurité, j'ai la désagréable sensation qu'on me suit… Je regarde discrètement autour de moi sans rien remarquer de particulier.

Tu délires, ma vieille.

Oui, c'est sans doute le fait de ne pas avoir de garde du corps à mes côtés qui me fait dérailler. Je n'ai plus l'habitude de la « normalité ». J'ouvre le magazine que je viens d'acheter, mais je ne parviens pas à me concentrer, car de nouveau, cette étrange sensation d'être surveillée me maintient en état d'alerte.

Après l'agression dont j'ai été la cible lors du Super Bowl, je ne suis plus jamais tranquille sauf quand je suis dans ma villa, entourée par des murs épais, des caméras de surveillance et une équipe de sécurité.

Pourquoi ai-je exigé de voyager seule, déjà ?

Ah oui ! Pour redevenir Nikki James, cette fille sans prétention, inconnue, et qui passait inaperçue.

J'essaie de me rassurer en me disant que le tireur, Rowald Green, a été appréhendé. Il est interné en hôpital psychiatrique en attendant le jour de son procès, et il n'est pas près d'en sortir. En plus, qui pourrait s'apercevoir que Trinity et Nikki James ne sont qu'une seule et même personne ? Pourtant, une part de moi ne peut pas s'empêcher de flipper. J'aurais peut-être dû accepter qu'on m'accompagne en fin de compte...

Murray me l'a proposé, mais j'ai refusé. Si je dois me rétablir, il faut que je dépasse mes peurs.

Peut-être que j'y ai été un peu fort ?

Je sens des picotements le long de ma nuque, comme si on me regardait. Je tourne vivement la tête dans cette direction, mais il n'y a personne. Je fronce les sourcils, un peu désorientée. Aurais-je totalement perdu la raison ? Ce serait possible étant donné les circonstances…

Je décide quand même d'en avoir le cœur net. Je me lève et me dirige vers les toilettes les plus proches. J'accélère l'allure à mesure que j'approche de la porte, le cœur battant vite contre mes côtes.

Le battant se referme derrière moi, j'attends une poignée de secondes avant de le rouvrir à la volée ! Je fais un pas dans le couloir et… manque percuter un homme. Nos regards se rencontrent : vert sur bleu. Il est plus grand que moi, sa carrure est large, mais il est assez vif pour éviter de me rentrer dedans. Il a fait un pas sur le côté.

— Désolé, je ne vous avais pas vue.

Sa voix est grave. Je fronce les sourcils tout en l'étudiant avec plus d'attention. Sa mâchoire est un peu carrée, ses pommettes bien dessinées, et son regard vert me fait penser à celui d'un félin.

— Vous me suivez ?

Ma question le surprend et il cligne plusieurs fois des yeux. J'ai conscience que je dois avoir l'air d'une tarée, mais tant pis. Je préfère être sûre.

Oui, bon, en même temps, s'il te suit vraiment, tu viens de lui offrir une chance de t'agresser.

Je me rends compte de mon erreur de stratégie, et je commence à étudier mes chances de fuite quand il me répond :

— Pas vraiment.

C'est à mon tour d'être perplexe. L'inconnu a retrouvé une attitude impassible, et je m'aperçois qu'il n'a pas souri depuis que je l'ai surpris.

— Pas vraiment ?

Je ne trouve rien d'autre à dire, et je devrais prendre le large pour de bon, mais quelque chose me dit que cet homme n'est pas dangereux.

Si tant est que tu puisses te fier à ton instinct…

Il est tout à fait possible que mon intuition se soit émoussée faute de contacts humains ces derniers mois.

L'inconnu me dévisage un instant, avant de pousser un soupir :

— Votre agent m'a dit de me montrer discret.

Je fronce les sourcils. Est-il en train de me piéger ou bien dit-il la vérité ? J'ai envie de contacter Murray pour lui poser la question, mais je ne veux pas le faire devant cet étranger.

— Que vous a-t-il dit d'autre ? demandé-je, méfiante.

— Que vous risquiez de ne pas être contente si vous vous aperceviez de ma présence.

Et pour cause ! Je lui avais expressément demandé de ne pas être accompagnée ! Je croise les bras sur ma poitrine :

— Quoi d'autre ?

L'inconnu hausse les épaules :

— Que je ne devrais me présenter qu'une fois sur place.

— Mais qui êtes-vous à la fin ?

Il semble hésiter un instant, puis il finit par me tendre une main :

— Je m'appelle Samuel Blake, et je suis votre garde du corps pour le mois à venir.

3

Samuel

Je ne peux pas oublier le regard de ma cliente quand je me suis présenté, j'ai eu l'impression qu'elle hésitait entre m'attaquer ou se sauver. Je ne peux pas lui en vouloir : son agent a insisté pour que je ne lui parle pas et ce n'était pas la meilleure entrée en matière.

Elle a passé un coup de fil à Murray pour s'assurer que j'étais bien qui je prétendais être et après ça nous avons embarqué. Même si nous étions assis à côté dans l'avion, Nikki ne m'a pas adressé la parole de tout le voyage. C'est mieux comme ça. Je préfère le silence à une conversation futile.

Nous avons atterri depuis deux heures et j'ai pris le volant d'une voiture de location pour rouler jusqu'à notre destination. Tandis que je conduis, mes pensées se tournent vers ma sœur. Valentine a plutôt bien pris l'annonce de mon voyage, mais j'ai bien vu qu'elle accusait le coup quand je lui ai annoncé que je ne serai pas là pour fêter Noël.

Je serre les dents. Ce contrat va me permettre de me sortir des problèmes financiers qui pèsent sur moi. C'est ce que je dois garder en tête.

— Qu'est-ce que je suis censée dire à mon amie ?

La question me surprend et je jette un coup d'œil à Nikki dans le rétroviseur. C'est la première phrase qu'elle m'adresse depuis de longues heures, mais je ne sais pas quoi lui répondre.

— Elloïs va se demander ce que vous faites là…

— Qui est Elloïs ?

Nikki cille plusieurs fois, et j'ai l'impression qu'elle vient de se rendre compte qu'elle a parlé à voix haute.

— L'amie à laquelle je rends visite. Murray ne vous a pas briefé ou quoi ?

Je secoue la tête. Bien sûr qu'il l'a fait, et j'aurais dû retenir le nom de l'amie d'enfance de Nikki, ou Trinity, ou quel que soit le prénom qu'elle a choisi aujourd'hui.

— D'ailleurs, que vous a-t-il dit au juste ?

Ma passagère s'avance sur son siège et je constate qu'elle a détaché sa ceinture.

— Bouclez-la.

— Je vous demande pardon ?

Son regard s'est arrondi, mais je n'ai pas le loisir de l'observer plus, car mon attention se reporte sur la route. Il a neigé il n'y a pas longtemps, et je redoute la formation de verglas.

Je réponds sans la regarder :

— Bouclez votre ceinture.

— Vous n'avez pas d'ordre à me donner !

Non, mais je rêve ou quoi ? Elle a quel âge au juste pour me parler comme ça ? Je prends sur moi pour ne pas m'énerver et explique :

— Il s'agit d'une question de sécurité. Si vous n'attachez pas votre ceinture et que nous ayons un accident, vous pourriez vous encastrer dans le pare-brise ou même passer au travers.

Je négocie un virage avant de jeter un coup d'œil dans le rétroviseur. Au regard de Nikki, je comprends qu'elle meurt d'envie de m'étrangler, mais j'insiste :

— Je vais devoir m'arrêter tant que vous n'aurez pas attaché votre ceinture.

— Vous n'êtes pas sérieux !

Il ne m'en faut pas plus pour ralentir et ranger le véhicule sur le bas-côté. Je coupe le moteur et me tourne pour faire face à Nikki :

— J'ai tout mon temps.

Elle a l'air de fulminer, mais je reste ferme. Il s'agit d'une question de sécurité. Point barre.

Je m'attends à ce qu'elle obtempère, au lieu de quoi, elle récupère son sac à main et quitte l'habitacle sans un mot. Je la vois contourner l'arrière du véhicule tout en sortant son téléphone portable. J'ouvre la portière et fais quelques pas dans sa direction :

— Je peux avoir un peu d'intimité ? demande-t-elle dès qu'elle m'aperçoit.

— Vous ne devriez pas...

Mais elle me tourne le dos et s'éloigne. J'assiste au spectacle, les bras croisés, appuyé à la carrosserie du véhicule. Je devrais sans doute insister et la prévenir de ce qu'il va se passer, mais son attitude d'enfant pourrie gâtée me tape sur les nerfs, alors je ne réagis pas.

Le petit vent qui souffle ramène jusqu'à moi des bribes de sa conversation :

— Il ne peut pas... Je ne supporterai pas... Je t'avais dit que...

Elle tourne brièvement la tête dans ma direction et nos regards se rencontrent. J'admets qu'elle est belle. Peut-être que dans d'autres circonstances... Mais elle est ma cliente, et en plus, il s'agit d'une star. Nos vies sont aux antipodes l'une de l'autre, ce qui est sans doute la raison pour laquelle je ne peux pas la supporter : nous n'avons pas les mêmes valeurs.

Nikki fait encore quelques pas et l'instant suivant, elle pousse un cri. Elle vient de s'enfoncer dans la neige jusqu'à mi-cuisses. Je me retiens de rire et m'approche d'elle pour l'aider :

— Donnez-moi la main.

Nikki me jette un regard assassin.

— Pas question ! Je vais m'en sortir toute seule.

Et elle grimpe dans la neige, mais plus elle bouge, et plus ses jambes s'enfoncent. Je ramasse son téléphone qui est tombé. Une voix masculine s'en échappe :

— Nikki ? Tout va bien ?

Je reconnais Murray, et sans un regard pour Nikki, je lui réponds :

— Bonjour, c'est Samuel. Mademoiselle James va devoir vous rappeler.

Puis je raccroche. Ma cliente fulmine tout en essayant de se sortir de cette situation périlleuse. Quand elle glisse pour la deuxième fois, je décide de la tirer d'affaire. Je saisis ses bras et extrais son corps du trou.

— Je n'avais pas besoin de votre aide, bougonne-t-elle tout en époussetant la poudreuse qui s'est collée sur elle.

— Il faut vous changer, constaté-je.

Ses yeux s'arrondissent sous l'effet de l'étonnement :

— Il n'y a nulle part où le faire…

Je pousse un soupir avant de lui proposer :

— Changez-vous dans la voiture.

— Pour que vous puissiez me reluquer ? C'est ça, oui !

Elle récupère son téléphone que je tenais toujours, et je sens que sa peau est gelée. Pas étonnant, elle ne porte même pas un anorak pour se protéger du froid.

— Il faut vous mettre à l'abri sinon vous allez tomber ma-lade.

À nouveau, j'ai l'impression de m'adresser à une enfant. Ce qu'elle est sur un certain plan : elle n'a visiblement plus l'habitude du monde réel.

Je n'attends pas qu'elle m'envoie encore bouler et me dirige vers la voiture. Le moteur tourne toujours et j'augmente le chauffage. Puis j'ouvre le coffre. La malle est remplie par les bagages de Nikki tandis que mes affaires tiennent dans un sac.

J'ouvre la première valise que je vois.

— Mais qu'est-ce que vous faites ? s'écrie Nikki dans mon dos.

Sans tenir compte du fait que je me montre impoli, je fouille dans ses affaires.

— Non, mais arrêtez !

J'ai beau chercher, je ne trouve que des sous-vêtements… En dépit de la situation, mon cerveau tente de produire des images de Nikki portant cet ensemble en dentelle que je viens de replacer au fond de la valise, et je lâche un soupir d'exaspération. Décidément, si même ma tête joue contre moi, je ne vais pas m'en sortir !

Nikki saisit mon bras pour attirer mon attention. Je tourne la tête et découvre qu'elle a les joues cramoisies.

— Vous êtes devenu dingue ?

Okay, si elle a rougi ce n'est pas parce qu'elle est gênée que je manipule ses petites culottes, mais parce qu'elle est furieuse contre moi. Je me redresse :

— Si vous ne voulez pas enfiler des vêtements secs par vous-même, je vais me charger de le faire pour vous, mademoiselle James.

Elle cille plusieurs fois, et alors que je croyais que son teint ne pouvait pas être plus écarlate, je m'aperçois qu'elle a encore quelques nuances pourpres en réserve.

— Vous comptez m'habiller ?

Nikki s'étrangle sur le dernier mot, et je me retiens pour ne pas rire. Mais à cet instant, une image d'elle surgit dans la partie de ma tête que je ne contrôle pas, et cette vision d'une Nikki dénudée court-circuite le reste de mes facultés mentales. Ma cliente en profite pour m'écarter du coffre sans ménagement. Elle ouvre un autre bagage où elle récupère des vêtements secs.

Sans m'adresser un seul regard, elle me contourne et ouvre la portière arrière.

— Ne vous avisez pas de me mater, grogne-t-elle.

La portière qui claque derrière elle me ramène à moi, et je me tourne pour ne pas être tenté de regarder à travers la lunette arrière.

Reprends-toi, Sam !

Oui, il faut vraiment que je me ressaisisse, parce qu'à l'allure où vont les choses, je vais me faire virer avant que nous ayons atteint Carroll Falls.

❄❄❄❄❄❄

Il nous faut encore deux bonnes heures pour rejoindre la petite ville qui est perchée dans les montagnes. Lorsque je gare la voiture à l'adresse indiquée, Nikki ne m'a pas décroché un autre mot.

Je lui jette un coup d'œil dans le rétroviseur. Elle regarde par la fenêtre, et un voile d'inquiétude semble masquer son visage. Je me demande ce qui lui arrive. Cette femme est vraiment étrange, imprévisible, et carrément insupportable aussi.

— Vous ne descendez pas ?

Elle reporte son attention sur moi, et j'ai la sensation qu'elle a remis sa carapace, car il n'y a plus aucune trace de vulnérabilité sur son visage.

— Si, bien sûr.

Nikki est sur le point d'ouvrir la portière quand elle se ravise :

— Qu'est-ce que Murray lui a dit à votre sujet ?

Je hausse les épaules :

— Aucune idée.

Tout ce que je sais, c'est que nous allons loger chez une amie de Nikki.

— Vous n'avez qu'à lui dire la vérité, suggéré-je.

Nikki fronce les sourcils, mais elle n'a pas le temps de répliquer, car on frappe au carreau à côté d'elle. Ma cliente sursaute et porte la main à sa poitrine tandis que je retiens un soupir.

Je quitte l'habitacle à temps pour voir une petite brune aux cheveux courts sauter au cou de Nikki. Cette dernière m'adresse un regard désespéré que j'ignore pour me diriger vers le coffre. Quelque chose me dit qu'il va falloir que je transporte l'ensemble des bagages jusque dans la maison.

Cette dernière est en fait une sorte de grand chalet au toit recouvert de neige.

— Nikki ! Je suis tellement contente, si tu savais !

J'imagine qu'il s'agit de la fameuse Elloïs.

La brunette s'écarte de ma cliente et la tient par les épaules pour mieux l'observer :

— Tu es toujours aussi belle ! Et ce que tu es bronzée !

— C'est sans doute un effet secondaire quand on vit à Los Angeles, répond Nikki.

Je dégage deux grosses valises du coffre et les dépose sur le sol déneigé.

— Tu ne m'avais pas dit que tu avais un petit ami, s'enthousiasme notre hôte.

— Oh, mais ce n'est pas…

Je dévisage Nikki, curieux de savoir ce qu'elle va inventer pour justifier ma présence ici.

— Nous…

Elle bredouille, et je me délecte de son trouble. Je ne suis pas charitable sur ce coup, mais son malaise est vraiment drôle à voir.

— Il n'est pas, bafouille-t-elle.

— Oh, je vois, réplique son amie.

Elloïs nous dévisage l'un après l'autre, et je me demande bien ce qu'elle « voit », mais me garde d'intervenir. Elle s'adresse à Nikki :

— Vous êtes « amis ». J'ai saisi.

De toute évidence, elle s'imagine que Nikki et moi sommes amants, mais que nous ne tenons pas à l'ébruiter.

— Même pas, répond ma cliente qui a retrouvé son attitude froide et distante. Monsieur Blake est mon garde du corps.

— Ah.

Elloïs me jette un coup d'œil songeur avant de se ressaisir :

— Bien ! Suivez-moi, je vais vous montrer votre chalet.

4

Nikki

Le chalet est vraiment mignon, si on aime le côté kitch de la décoration. Les murs sont recouverts de lambris, en fait, il n'y a que du bois partout où le regard se pose. Et ce n'est pas la cheminée qui temporisera le décor : un solide feu y a été allumé.

— J'ai mis une bouillotte dans ton lit, s'exclame Elloïs.

Elle n'a pas changé d'un iota depuis le lycée, si ce n'est que ses cheveux sont plus courts.

— Merci, réponds-je distraitement.

Je jette un coup d'œil à Samuel qui est en train de rentrer les bagages sans que je le lui aie demandé. Cet homme est taciturne, impossible de savoir ce qu'il pense. Non pas que cela m'importe ! Si je pouvais le virer, je le ferais, mais c'est Murray qui l'a engagé donc je ne peux rien faire, à part me montrer insupportable avec lui. C'est ça ! Peut-être que je peux décourager Monsieur Muscles et m'arranger pour qu'il démissionne ?

Quant à Murray, il ne perd rien pour attendre. Il m'a envoyée ici, et je commence à comprendre que c'est un piège, car quelque chose me dit que je ne pourrai pas m'isoler comme j'en ai pris l'habitude depuis des mois. Il n'y a qu'à voir l'attitude ouverte et amicale d'Elloïs pour comprendre que je ne vais pas avoir droit à ma dose de solitude.

D'ailleurs, mon amie d'enfance continue à babiller sans que je n'écoute un traitre mot de ce qu'elle raconte, mais une phrase attire quand même mon attention :

— Tu vas voir : Carroll Falls est connue pour son amour de Noël. Nous avons tout un tas de traditions, et j'ai hâte que tu les découvres !

Elloïs pose sur moi un regard brillant de joie. Je secoue la tête :

— Je n'aime pas trop Noël.

Mon amie reste bouche bée, tandis qu'un bruit suspect provient de l'endroit où se trouve Samuel. Je lui lance un coup d'œil, il fronce les sourcils en marmonnant :

— Pourquoi ça ne m'étonne pas ?

— Qu'avez-vous dit ?

Il tourne la tête vers moi, une drôle de lueur au fond des yeux :

— Rien du tout.

Je hausse un sourcil narquois. Et en plus il me prend pour une idiote !

— Bon, je vais vous laisser vous installer, intervient Elloïs. Le repas est prêt et nous dinerons à sept heures. À tout à l'heure.

Sur cette annonce, elle quitte le chalet, me laissant en tête à tête avec l'énergumène qui me tient lieu de garde du corps. Je lui tourne le dos et saisis une de mes valises pour la tirer jusqu'à la chambre. Ce n'est qu'une fois la porte poussée que je comprends mon erreur : la pièce est chaleureuse et accueillante (toujours en partant de l'idée qu'on aime le côté kitch), mais l'espace y est assez réduit. En tout cas, je vois bien qu'il n'y a pas assez de place pour toutes mes valises.

Je ressors de la chambre et, toujours sans prêter attention à Samuel, je pousse la porte de la seconde chambre. Mais elle est identique à la première et donc il n'y a pas plus d'endroits où poser mes bagages.

Un soupir s'échappe de ma gorge. Je referme la porte et renonce à rentrer mes valises.

— Quelque chose ne va pas, mademoiselle James ? m'interroge Samuel.

Son expression narquoise me donne envie de lui en coller une. Je me ressaisis : la violence n'est pas dans mes habitudes. Je relève le menton, dans une attitude que je veux fière, et lâche :

— Tout va parfaitement bien. Et arrêtez avec vos « mademoiselle James », appelez-moi Nikki.

Si je veux retrouver un semblant de normalité, autant commencer par utiliser mon prénom à nouveau…

— Comme vous voudrez, répond-il.

Je me penche et ouvre la première valise qui se trouve devant moi pour y récupérer de quoi me changer. Sans un regard pour le garde du corps, j'entre dans une des chambres, me l'appropriant de fait.

Je me glisse sous la douche avec l'impression d'avoir été propulsée dans un autre monde… L'eau qui coule sur moi n'efface pas cette curieuse sensation de me trouver dans un univers parallèle où tout me semble à la fois familier et étranger. Est-ce ma présence dans cette petite ville sans histoire, loin du glamour et des paillettes de Los Angeles, ou bien juste que je n'ai plus l'habitude de la « normalité » ? À quel moment ai-je oublié Nikki James, l'amie d'Elloïs, la fille qui vivait dans une ville banale, menant une existence sans relief ?

Mes pensées n'ont ni queue ni tête, et je mesure à quel point j'ai changé en l'espace de quelques années… Ma carrière a démarré sur les chapeaux de roue, et l'alter ego que je me suis créé, Trinity, a pris le dessus, reléguant Nikki aux oubliettes.

Pour le meilleur ou pour le pire ? Tandis que je me savonne, mes doigts glissent sur ma peau, jusqu'à ma cuisse où la balle a laissé son empreinte dans ma chair. Mon regard est rivé à cette tache rosée qui constelle mon épiderme, elle s'estompera avec le temps, le chirurgien me l'a assuré. Mais j'ai appris à cohabiter avec elle, étrangement, je ne suis pas certaine de vouloir qu'elle s'en aille… Elle me rappelle que je suis humaine, que le temps passe, et que je vis sous une fausse identité depuis trop longtemps déjà.

J'en suis là de mes réflexions quand la température de l'eau passe d'une douce chaleur à une froideur extrême. Je crie et fais un bond en arrière pour échapper à la pluie glacée qui se répand sur moi, hélas, la baignoire est glissante et je dérape.

La suite n'est qu'un mauvais enchainement de bras qui moulinent dans le vide, de doigts qui s'agrippent désespérément au rideau de douche… Je peux presque voir la catastrophe se produire au ralenti sous mes yeux : mes ongles déchirent le plastique mouillé, mes jambes sont écartées comme si j'essayais d'apprendre à skier en position de chasse-neige. À l'instant où je crois avoir recouvré ma stabilité, le sort s'acharne contre moi, et mon corps bascule.

La gravité entre dans la danse, et cette fois, je crie au moment où je plonge de l'autre côté de la baignoire, empêtrée dans le bleu blafard du rideau de douche.

Mes fesses amortissent tant bien que mal cette chute, et je reste assise sur le sol, hébétée. Une pensée fugitive a le temps de surgir dans ma tête, « ça aurait pu être pire », et c'est alors que je l'entends… Des pas précipités se dirigent vers la salle de bains, et une seconde plus tard, Samuel fait irruption dans la pièce.

— Que se passe-t-il ?

Il regarde tout autour de lui, comme s'il s'attendait à gérer une menace quelconque, mais si danger il y a, il vient de la plomberie et je ne vois pas ce qu'il peut y faire.

Soudain, un reflet métallique attire mon attention : Samuel tient un révolver ! L'effroi qui me saisit est tellement puissant que je tente de me relever pour m'enfuir, mais c'est sans compter sur le rideau qui m'empêche de bouger comme je le voudrais. Je me tortille sur le sol, avec la grâce d'un ver de terre, mais tout ce à quoi je pense, c'est à l'arme qui est beaucoup trop près de moi.

— Partez ! m'écrié-je.

Le cri est sorti tout seul et si Samuel me dévisage d'un air étonné, il ne bouge pas pour autant.

— Sortez ! Je…

Mon bodyguard ignore mes bafouillages, et insensible à la peur que suscite en moi la vision de ce pistolet, il s'avance vers moi. Je tente de reculer le plus loin possible, mais toute retraite est stoppée par la petitesse de la salle de bains, je me retrouve acculée au mur. Mon regard est rivé à cette arme qui me rappelle les heures les plus sombres que j'ai traversées.

— Nikki…

— Ne m'approchez pas avec cette chose ! crié-je.

Samuel fronce les sourcils avant de comprendre de quoi je parle. Il lève les mains et pose doucement l'objet sur le bord du lavabo. La peur qui s'est emparée de moi n'a rien de contrôlable.

— Désolé, je ne voulais pas vous faire peur.

Je ne réponds rien, toujours perturbée.

— J'ai cru que vous…

Il se tait, et je le regarde enfin. Il a l'air embarrassé, et il passe une main dans ses cheveux qu'il porte très courts. Quand son attention se fixe à nouveau sur moi, je me rends compte que je suis pratiquement à poil face à lui. Dans un sursaut d'orgueil, je tente de me relever, mais le rideau entrave toute tentative de mouvement.

— Attendez, je vais vous aider.

Avant que je n'aie pu protester, Samuel se penche et m'attrape par les bras. Il me soulève avec une facilité déconcertante et je me retrouve sur mes pieds en un rien de temps.

Nos regards se trouvent et je me perds un instant dans le vert de ses yeux. Il me dévisage d'un air indéchiffrable, pourtant je sens un drôle de frisson me parcourir. Rien à voir avec la peur, cette fois…

— Merci, soufflé-je.

L'attention de Samuel dérive vers ma bouche l'espace d'un court instant, c'est bref et la seconde qui suit, il récupère son arme et quitte la pièce.

Je reste figée, le souffle court. Que vient-il de se passer au juste ? Je secoue la tête, comme si cela pouvait me remettre les idées en place. Il est temps que je me ressaisisse.

✳✳✳❄✳✳✳

Le chalet principal ressemble à celui que Samuel et moi occupons, si ce n'est qu'il est bien plus spacieux. Ici aussi un feu de cheminée est allumé, le parquet en bois foncé brille tant il est bien entretenu. J'entrevois le bord d'un épais tapis posé sur le sol du salon. Les murs sont peints d'un vert pâle qui contraste avec les moulures qui recouvrent le bas des cloisons jusqu'à mi-hauteur. L'ensemble est cosy, fidèle à l'idée que l'on se fait d'une maison douillette et chaleureuse. Je m'y sens tout de suite bien, ce qui est probablement l'effet recherché par la décoration. Certes, c'est loin d'être aussi luxueux que ce dont j'ai l'habitude, mais je trouve ça plus reposant.

Elloïs n'a pas menti : une bonne odeur de cuisine flotte dans l'entrée et depuis le hall je peux apercevoir que la table a été dressée. Elloïs nous fait entrer et elle m'adresse un large sourire :

— Je suis tellement contente de te voir, Nikki ! s'écrie la jeune femme avec un enthousiasme que je suis loin de ressentir.

Maintenant qu'elle ne porte plus son épais manteau, je me rends compte qu'elle est toujours aussi menue que lorsque nous étions ados. Je me trouve soudain intimidée. Je n'avais pas trop pensé à ce que je lui dirais quand nous nous reverrions, et je n'ai aucune envie de m'étaler sur ce que j'ai vécu ces dernières années… Qui me dit qu'Elloïs ne serait pas capable de rapporter mes propos à des paparazzis ?

Tu délires, Nikki. Elle est super gentille de t'accueillir chez elle.

Un silence gênant s'est installé, et je me hâte de répondre :

— Merci de m'accueillir.

Le regard de mon amie d'enfance pétille.

— Depuis le temps que je voulais renouer le contact… C'est moi qui te remercie.

Elloïs a toujours été ainsi : amicale, chaleureuse, et surtout, pas rancunière pour un sou. Les souvenirs des moments passés ensemble commencent à refaire surface, et pour une fois, je m'autorise à les revisiter. Toutes ces journées passées ensemble alors que nous étions ados…

— Elloïs ?

La voix féminine provient d'une vieille dame qui apparaît soudain dans l'embrasure de la porte de la salle à manger. Elle porte des cheveux d'un blanc qui rappelle celui de la poudreuse dans laquelle je me suis vautrée plus tôt dans la journée.

— Nikki, je te présente ma grand-mère, Debra.

La vieille femme m'adresse un sourire chaleureux qui n'est pas sans rappeler celui d'Elloïs.

— Je suis ravie de faire votre connaissance. Elloïs m'a tellement parlé de vous.

Je hoche la tête et Debra ajoute :

— Mais ne restez pas là, venez.

Samuel ne bronche pas, et je suis la première à suivre notre hôte. Je sens la présence discrète de mon garde du corps dans mon dos quand il m'emboîte le pas. Nous approchons de la table quand un homme aux cheveux aussi blancs que ceux de Debra nous rejoint. C'est cette dernière qui fait les présentations avant de conclure :

— Sid est mon mari.

Nous nous installons aux places indiquées par nos hôtes, et je me retrouve face à Samuel et Elloïs, tandis que Debra est placée à ma droite et que Sid préside la table.

— Prions, propose le vieil homme.

Je n'ai pas le cœur de lui dire que cela fait une éternité que je ne suis plus croyante, et me contente de joindre mes mains aux leurs. Une fois que Sid a dit quelques mots, nous commençons à manger.

Entre deux questions d'Elloïs, mon regard se pose sur Samuel. Je me demande ce que cache son expression impassible. C'est dingue d'être aussi indéchiffrable ! Rien ne transparait. À quoi peut-il bien penser ?

— Qu'en dis-tu, Nikki ?

Je cligne plusieurs fois des paupières avant de reporter mon attention sur Elloïs.

— Excuse-moi, tu disais ?

Mon amie jette un coup d'œil à Samuel puis à moi, un petit sourire plaqué sur ses lèvres. Que va-t-elle s'imaginer ?

— Je disais que vous êtes les bienvenus demain pour lancer les festivités, répète-t-elle.

Je hoche la tête, même si je n'ai pas du tout envie de participer à quoi que ce soit. Je me garde de le lui dire, jugeant que ce ne serait pas très gentil de contrarier nos hôtes.

— Vous verrez, renchérit Debra, les habitants de Carroll Falls ne manquent jamais d'idées quand il s'agit de fêter Noël.

— C'est certain, s'enthousiasme Elloïs, alors on peut compter sur vous demain ?

Plus que le fait qu'elle m'associe à Samuel comme si nous formions une entité, c'est la lueur d'espoir dans son regard qui m'intrigue. Je jette un coup d'œil à mon garde du corps, comptant sur lui pour temporiser Elloïs, mais il a un haussement d'épaules qui me fait comprendre qu'il ne m'aidera pas.

Je réponds d'un ton hésitant :

— Pourquoi pas…

Il n'en fallait pas plus pour qu'Elloïs soit contente, elle a joint les mains devant elle, Sid hoche la tête d'un air entendu et Debra me promet :

— Vous ne le regretterez pas.

Sauf que quand on me dit ça, je ne peux pas m'empêcher de m'inquiéter… Qu'ont-ils prévu au juste ?

Il n'y a que Samuel qui garde sa contenance, comme si tout ce qui se disait autour de la table ne le concernait pas. Quoiqu'à bien y réfléchir, c'est tout à fait le cas : il se contente de faire son job en me suivant partout où je me rends.

La nourriture est délicieuse et j'essaie de me souvenir à quand remonte la dernière fois où j'ai partagé ce genre de repas convivial, mais je n'y arrive pas. Ma mère a refait sa vie, mon père est mort quand j'étais petite. Ce n'est pas exactement comme si j'avais une famille aimante qui m'attendait quelque part…

Je me secoue mentalement : ce n'est pas le moment de me laisser aller.

— Nous vous attendrons dans la plaine à dix heures, m'informe Debra alors que nous quittons le chalet principal.

Pour la première fois, Samuel intervient, et je suis soulagée qu'il mette un terme à toutes ces idées de sorties.

— Comptez sur nous.

Je le fixe, interloquée, et il me retourne mon regard en haussant légèrement un sourcil. Satisfaite par sa réponse, Debra nous souhaite une bonne nuit et referme la porte.

Nous marchons dans la neige fraiche qui est tombée pendant la soirée pour regagner notre chalet.

— Je n'irai nulle part, me renfrogné-je.

La neige crisse sous nos pas. Je n'ai pas de bottes et je ne vais pas tarder à avoir les pieds trempés.

— Si je comprends bien, votre plan c'est de venir vous terrer dans ce minuscule chalet pendant quatre semaines ? me demande-t-il.

Je m'apprête à répondre quand mon pied ripe sur le bord des marches. La main de Samuel me rattrape et je relève les yeux vers lui.

L'air qui s'échappe de sa bouche forme une buée blanche tant il fait froid. Son regard me parait encore plus intense, à moins que ce ne soit l'effet de l'obscurité, ou de mon imagination ?

5

Samuel

Le parfum de Nikki m'entoure, glisse autour de moi et s'insinue jusque dans mes poumons. Je n'ai même pas conscience de la morsure du froid parce qu'une force chaude et puissante commence à envahir mes membres.

Elle te fait de l'effet.

Cette pensée éclate dans ma tête alors que je sombre dans les iris clairs de ma cliente. Peu importe qu'elle me plaise ou pas, ce n'est pas le sujet. Je suis là pour la protéger, ni plus ni moins.

Nikki s'est figée elle aussi, et je me rends compte que ma main la retient toujours. Je relâche ma prise sur elle :

— Vous feriez mieux d'aller vous coucher.

Ma voix est sèche, j'en ai bien conscience. Mais je ne peux pas me permettre la moindre familiarité avec ma cliente, car je ne dois pas me faire virer. Je compte sur l'argent de ce contrat pour me renflouer et je ne vais pas laisser passer ma chance de me débarrasser d'Helfer pour toujours. Pour une fois que la vie me fait une fleur, je dois assurer…

Le visage de Nikki se referme, et l'expression de douceur disparait au profit d'une froideur plus glaçante que le givre qui recouvre les marches du porche.

L'instant qui suit, la jeune femme disparait à l'intérieur du chalet, et je décide de faire un tour de reconnaissance dans le coin. Je n'oublie pas que Nikki a été victime d'une agression, enfin, d'une tentative de meurtre, et qu'on pourrait la retrouver jusqu'ici.

Un frisson me parcourt l'échine… Je tourne les talons et m'enfonce dans l'obscurité. Je fais une ronde autour du chalet, repérant le moindre endroit qui pourrait fournir une cachette à un agresseur potentiel. En dehors des bois qui bordent une grande partie de la propriété, je ne repère rien qui puisse faire office de planque.

Je ne suis pas rassuré pour autant. Même si la surveillance n'est pas mon métier, je suis assez vigilant. Et puis, je sais qu'au corps à corps, je suis capable de terrasser n'importe quel individu qui tenterait de faire du mal à ma cliente, mais j'aimerais éviter d'en arriver là.

Je suis sur le point de rentrer quand une silhouette se matérialise devant moi au moment où je contourne le chalet. Je reconnais Elloïs qui sursaute en me voyant :

— Samuel ! Vous m'avez fait peur !

— Que faites-vous dehors ? demandé-je.

Engoncée dans un épais manteau, la jeune femme hausse les épaules.

— Je dois aller nourrir les animaux.

Elle fait un mouvement de la main en direction des bois, et je fronce les sourcils.

— Si tard ?

Elloïs frotte ses mains gantées l'une contre l'autre comme pour se réchauffer. De la buée s'échappe de nos lèvres quand nous parlons.

— Il y a une femelle pleine et je veux m'assurer que tout va bien…

Je lance un coup d'œil en direction des bois plongés dans les ténèbres et suggère :

— Vous voulez que je vous accompagne ?

Elloïs a un petit rire cristallin. C'est fou ce qu'elle peut être différente de son amie d'enfance… Machinalement, je tourne la tête vers le chalet. Il y a de la lumière dans le salon, et je suppose qu'elle provient du feu de cheminée.

— Non, merci, Samuel. Bonne nuit.

— Bonne nuit.

Elle progresse en direction des grands arbres, et je la regarde disparaitre en silence. Seules les traces de ses pas dans la neige prouvent qu'elle est passée par là.

Il ne me faut pas longtemps pour regagner l'intérieur du chalet. La chaleur et la lumière du feu de bois m'accueillent. Je retire mon manteau et l'accroche près de la porte que je prends bien soin de verrouiller.

— Vous avez vraiment besoin de ça ?

La voix de Nikki est basse. Je me retourne et la découvre pelotonnée sur un fauteuil face à la cheminée. Un gros plaid la recouvre, et ses yeux luisent tandis qu'elle me fixe.

Je comprends qu'elle parle de l'arme qui est glissée dans ma ceinture. Je hausse les épaules :

— Votre agent a été intransigeant sur ce point.

— Mais *je* suis votre cliente, si je vous dis de vous en débarrasser, vous devez m'obéir.

— J'ai passé un contrat avec Murray, pas avec vous, donc techniquement, je ne suis pas sous vos ordres.

Je crois que ma remarque la pique au vif, car elle se débarrasse soudain du plaid et marche dans ma direction. Sans ses talons, elle doit relever la tête pour me regarder dans les yeux.

— Si vous voulez garder votre job, vous m'écouterez, Samuel.

Nous nous affrontons du regard. Elle ne semble pas prête à lâcher, mais moi non plus. Non pas que je tienne à posséder une arme, encore moins à m'en servir, c'est simplement que cela fait partie du contrat que j'ai signé. Et j'entends m'y tenir.

— Je vais garder mon job, et mon arme, Nikki.

La jeune femme a une moue désabusée :

— Les mecs et leurs joujoux…

Je ne peux pas retenir un petit sourire en coin. A-t-elle conscience du double sens de ce qu'elle vient de me dire ? Nikki fixe mes lèvres et une drôle d'expression passe sur son visage, mais elle fait quelques pas en arrière et détourne la tête.

— Faites comme vous voulez, après tout, si vous avez un complexe d'infériorité que vous pensez combler de cette manière, c'est vous que ça regarde…

Elle me lance un coup d'œil en coin pour juger de l'effet de sa provocation. Je réponds sobrement :

— Je n'ai aucun complexe.

Ses cils papillonnent et elle baisse la tête.

— Si vous le dites.

Puis elle tourne les talons, et je la regarde s'éloigner, sa silhouette magnifique moulée dans les vêtements qu'elle porte. Je sais me montrer professionnel en toutes circonstances, il n'en reste pas moins que je suis un homme, et que Nikki James est ce que l'on appelle communément une bombe.

La porte de sa chambre claque derrière elle, et je pousse un soupir. Cette femme est aussi belle qu'insupportable. Non, petite rectification : elle est surtout pénible ! Oui, voilà, Nikki James est une énorme épine dans mon pied !

Sauf qu'elle est aussi ma voie de sortie du bourbier dans lequel je me suis fourré… Je réfrène l'envie de boire un verre d'alcool fort. Je repense avec envie au vin chaud que j'ai refusé pendant le diner. Il faut que je garde les idées claires si je veux être en mesure de protéger Nikki.

Je m'assure que toutes les fenêtres sont bien fermées avant de regagner ma propre chambre. La pièce est plutôt agréable…

Allongé sur le lit, les yeux rivés au plafond, je pense à ma sœur et à ma mère. Elles vont passer les fêtes de fin d'année toutes les deux… Mon cœur se serre.

****

Ce matin, le soleil peine à dépasser la cime des montagnes enneigées et il ne fait pas encore tout à fait jour lorsque je conduis Nikki au centre-ville.

— Arrêtez-vous ici, lance soudain ma passagère depuis la banquette arrière.

Je me range le long du trottoir, et jette un regard dans le rétroviseur central :

— Vous feriez mieux de monter à l'avant.

Nikki se fige, la main sur la poignée, sans me regarder.

— Je vous ai déjà dit que je déteste qu'on me donne des ordres.

— Ce n'est pas ce que je fais.

— Pourtant ça m'en a tout l'air.

Je fronce les sourcils, et retiens un soupir d'exaspération. Cette femme est à fleur de peau, la moindre remarque venant de moi la fait surréagir.

— Faites comme vous voulez, Nikki. J'avais simplement pensé que vous attireriez moins l'attention si vous montiez à l'avant comme…

Mais je n'achève pas ma phrase, pour ne pas risquer de l'énerver à nouveau.

— Comme quoi ? Je vous en prie, terminez.

— Comme une personne normale.

Nos regards se croisent une fraction de seconde avant qu'elle ne quitte l'habitacle. Nikki ne m'attend pas pour se diriger vers la boutique dont l'enseigne indique qu'elle s'appelle *All you need is Gloves*. J'ai déjà entendu parler de cette franchise qui se répand à travers tout le pays. Il parait que les articles que l'on y trouve s'arrachent comme des petits pains, mais ce n'est pas le genre de vêtements que l'on porte à Los Angeles, sans compter que je n'ai probablement pas les moyens d'y acheter quoi que ce soit…

Je préfèrerais laisser ma cliente faire ses courses seule, mais cela irait à l'encontre de ma mission, alors je pénètre à sa suite dans le magasin. Je me prépare psychologiquement à une séance de shopping intensive. D'habitude, j'évite les magasins comme la peste, et même Valentine a toutes les peines du monde à m'y trainer.

C'est donc dans un certain état d'agacement que je retrouve Nikki à l'intérieur. L'ambiance est bien moins ostentatoire que ce à quoi je m'attendais : ici il n'y a pas de luxe tape-à-l'œil. Tout est classe, on voit tout de suite que l'on vend des articles de haute qualité, mais il n'y a rien d'indécent.

Ma cliente est déjà en train de parler avec une vendeuse. Cette dernière est avenante, en tout cas, elle ne ressemble pas au personnel que l'on trouve dans les boutiques de L.A.

Nikki choisit plusieurs paires de gants ainsi que des bottes fourrées. Elle essaie le troisième modèle sans arriver à se décider, quand la vendeuse lui suggère :

— Peut-être que votre petit ami pourrait vous aider à choisir ? Qu'en pensez-vous, monsieur ?

L'employée m'adresse un sourire gentil, et je dois faire un effort pour ne pas éclater de rire. Moi en couple avec Nikki ? Elle est sérieuse ? Je m'apprête à la détromper, mais ma cliente me devance :

— Mais oui, *chéri*, dis-moi donc ce que tu en penses.

Elle me dévisage d'un air goguenard. À quoi joue-t-elle ? J'imagine qu'elle veut se payer ma tête, mais on ne me déstabilise pas si facilement. J'approche d'elle et fais mine d'étudier les chaussures avant de décréter :

— La paire plate me semble la plus appropriée, *chérie*.

J'appuie sur le dernier mot, et observe la rougeur qui envahit les joues de Nikki. La vendeuse hoche la tête d'un air convaincu, mais je l'ignore pour me pencher vers ma cliente. Je saisis une mèche de cheveux que j'entortille autour de mon index, comme pourrait le faire un petit ami amoureux. La jeune femme a un léger mouvement de recul, mais elle ne m'évite pas. Mes lèvres sont tout près de son oreille quand je lui glisse :

— Je ne sais pas à quoi vous jouez, mais si vous pensez que je vais me laisser faire, vous vous trompez lourdement.

L'odeur de son parfum m'enveloppe, un mélange improbable de notes chaudes et acidulées qui ressemble parfaitement à sa propriétaire. Une mèche de ses cheveux chatouille ma joue et je prends sur moi pour ne pas reculer tout de suite. Je veux que Nikki comprenne que je ne joue pas. C'est de mon travail qu'il est question, et je n'ai pas du tout l'intention de me faire virer. Il en va de mon avenir et de celui de ma famille. Alors si je dois dompter l'animal sauvage qu'est la reine de la pop, j'y parviendrai.

Je relâche sa mèche, et lorsque je m'écarte enfin, je peux lire la stupéfaction sur le visage de ma cliente. Je retiens le petit sourire satisfait qui menace d'éclore sur mes lèvres. Le plaisir de lui avoir rabattu son caquet n'est cependant que de courte durée, déjà Nikki reprend son air impassible.

La jeune femme contemple les paires de bottes avant de déclarer :

— Je prends celles-ci.

Son ongle parfaitement manucuré désigne un modèle fourré à talons hauts. La vendeuse s'empresse de ranger les paires qui n'ont pas été choisies puis elle se dirige vers la caisse avec les élues, tandis que Nikki me défie du regard. Je reste de marbre face à elle.

Ce petit jeu d'autorité n'a aucune prise sur moi. Après tout, si elle veut se casser une jambe en marchant sur un trottoir verglacé, c'est son problème. Sauf que je suis bien conscient que je serais tenu pour responsable par Murray qui a été très clair avec moi : je dois protéger Nikki et la ramener en un seul morceau.

Mais qu'est-ce que je peux faire si la jeune femme capricieuse a décidé de m'en faire baver ? Je retiens un petit soupir exaspéré. En acceptant ce contrat, j'étais loin de me douter que je devrais protéger une jeune femme avec autant de maturité que ma sœur de seize ans… Même en y réfléchissant bien, j'ai du mal à trouver des circonstances atténuantes à ma cliente. Après tout, c'est une star du showbiz, elle devrait être plus avisée que ça, non ?

Nous quittons la boutique sans échanger un seul mot, et lorsque nous arrivons à la voiture, je lance à Nikki :

— Vous montez devant.

6

Nikki

Installée à l'avant de la voiture, je fulmine intérieurement. Avoir un garde du corps sur le dos me met d'une humeur massacrante. J'aurais préféré être seule, ou plutôt, j'aurais aimé rester à Los Angeles. Il ne s'est pas passé vingt-quatre heures depuis mon arrivée à Carroll Falls, et j'ai déjà envie de repartir !

On aurait pu croire qu'une bonne nuit de sommeil m'aurait mise dans de bonnes dispositions, or c'est tout le contraire ! Même les rayons du soleil qui s'étirent sur le sol enneigé dans un camaïeu de nuances orangées ne me mettent aucun baume au cœur. Je me prends à regretter le bleu de l'océan Pacifique…

— Vous comptez faire la tête toute la journée ? s'enquiert Samuel.

Derrière le volant, il garde les yeux rivés sur les lacets formés par l'asphalte. Les virages en épingle à cheveux se succèdent, et je me demande quand nous arriverons enfin à destination.

— Qu'est-ce que ça peut vous faire ?

Je suis trop agressive, je le sais. Samuel ne m'a rien fait. Il se contente de remplir la mission confiée par Murray… Cette idée ne m'aide pas à recouvrer mon calme.

— À moi, rien, réplique-t-il, mais je ne suis pas certain que vous vous fassiez des amis parmi les habitants de Carroll Falls si vous êtes d'une humeur massacrante.

Je pivote sur mon siège pour regarder Samuel. Son nez n'est pas tout à fait droit, comme s'il avait pris un coup, une barbe naissante recouvre sa mâchoire carrée et je me demande ce que ça me ferait de la sentir contre ma peau… Je chasse rapidement cette pensée importune.

— Qui vous dit que je veux me faire des amis ? le rabroué-je.

Il secoue la tête, mais ne dit plus rien, mais je n'en suis pas soulagée pour autant. J'ai presque envie de le mordre… Je cille plusieurs fois avant de reporter mon attention sur la route. Qu'est-ce qui m'arrive à la fin ? J'avais réussi à trouver une sorte de paix intérieure, mais tout est parti en fumée quand j'ai quitté ma villa.

Nous quittons les virages pour emprunter une route au tracé plus doux.

— C'est ici, m'informe Samuel.

Au même moment, il engage la voiture sur un chemin. La voie est boueuse à cause de la neige qui a fondu sur le passage des véhicules. Du moins, c'est ce que je me dis en observant les nombreuses traces de pneus bien visibles sur le sol.

Ne tenant pas à faire la conversation, je me retiens de demander à Samuel comment il sait où nous devons aller. La piste longe une forêt et lorsque nous dépassons la lisière des bois, nous arrivons en vue d'un attroupement. Un ensemble de véhicules tout-terrain est garé en ordre, on pourrait presque croire que nous nous trouvons sur un parking.

— Qu'est-ce qu'on fait ici ?

La question m'a échappé. Samuel gare notre voiture et coupe le moteur avant de me répondre :

— Aucune idée. Je me contente de faire ce qu'on me dit, vous vous rappelez ?

Je le dévisage, son regard vert pétille et j'en oublie une seconde que je n'ai pas envie d'être ici, encore moins avec lui. Tout ce à quoi je pense, c'est que Samuel est beau. Il y a un côté brut chez lui qui ne me laisse pas indifférente… La manière qu'il a de garder son sang-froid en toutes circonstances me plait. Ce n'est pas un homme que l'on effraie, ou décourage, facilement.

— Je crois qu'on vous attend, constate-t-il.

Sa voix profonde me tire de mes réflexions et je secoue la tête. Se méprenant sur ma réaction, Samuel insiste :

— Regardez si vous ne me croyez pas.

Je suis son regard et aperçois Elloïs à l'extérieur de la voiture. Elle semble surexcitée, ce qui me fatigue d'avance.

Samuel ne m'attend pas pour quitter l'habitacle, et je me résous à le suivre. Le froid me saisit dès que je suis à l'extérieur, et je regrette encore une fois d'être venue. Mais c'est sans compter sur mon amie d'enfance qui se pend à mon bras telle une gamine :

— Salut Nikki ! Je suis tellement contente que tu sois venue !

Elloïs m'entraine déjà dans la foule rassemblée là. Je sens la présence de mon garde du corps bien qu'il se tienne à une distance raisonnable de moi.

— La course ne va pas tarder à commencer, s'extasie Elloïs.

Cette fois, elle a toute mon attention :

— Une course ?

Elle lève son regard brillant vers moi, son sourire franc pourrait être communicatif avec toute autre personne que moi. Elle se met à parler :

— Avant toute chose, il faut que tu saches que les habitants de Carroll Falls sont des aficionados des fêtes de Noël.

— C'est ce que j'avais cru comprendre, commenté-je prudemment en me souvenant de la discussion de la veille.

— Ce que je ne t'ai pas dit, c'est que nous organisons des événements du premier au vingt-cinq décembre.

— Tous les jours ?

— Sans exception, confirme-t-elle en hochant la tête.

Je fronce les sourcils.

— Et la course ouvre les festivités, précise-t-elle.

À mesure que nous progressons, je me rends compte à quel point les habitants de la petite ville sont investis dans l'organisation de ces réjouissances : si on considère la foule qui se tient dans la plaine, je pourrais parier que la quasi-totalité des membres de la communauté est présente.

Une odeur sucrée flotte dans l'air, mon estomac proteste en réponse, heureusement cela passe inaperçu dans le raffut ambiant. Je n'ai pas pris de petit déjeuner, et commence à le regretter.

— Mais on ne peut pas assister à la course à moins d'être correctement équipée, lance Elloïs.

Elle relâche mon bras et me montre un stand installé un peu plus loin. J'observe l'espèce de tente rouge posée là, à travers le pan ouvert, on aperçoit une grande table sur laquelle trônent de gros gobelets verts. Leur contenu laisse échapper de la buée.

Mon amie m'entraine vers la buvette où elle paie pour deux gobelets. Elle m'en tend un que je saisis en la remerciant. Je constate que des rennes floquent le plastique vert.

— Tenez, Samuel.

Sans attendre sa réponse, Elloïs fourre le deuxième verre dans les mains de mon bodyguard qui se tient près de nous. Il la remercie et lui adresse même un microsourire qui le fait paraitre plus jeune tout à coup. Mais il se rend compte que je le dévisage, et il retrouve son air impassible. Il tient la boisson sans toutefois faire mine de la boire. Prenant le contrepied, je sirote une gorgée de ce qui s'avère être du vin chaud. Les épices explosent sur mes papilles, aussitôt suivies par le sucre.

— C'est bon pas vrai ?

Je reporte mon attention sur Elloïs qui semble attendre ma réponse avec impatience.

— Délicieux, affirmé-je.

Elle m'adresse un immense sourire, et je me dis que ce devrait être illégal de ressentir autant de joie.

Elloïs s'apprête à me parler quand une voix féminine amplifiée par un micro couvre la cacophonie ambiante :

— Habitantes et habitants de Carroll Falls, c'est le moment de célébrer les *Christmas Days* !

Des acclamations s'élèvent dans la foule.

— C'est grand-mère ! s'écrie Elloïs.

Elle sautille presque de joie, et je crois que l'effet du vin commence à se faire sentir, car je me rends compte qu'une forme de gaieté est en train de me gagner moi aussi. Je talonne mon amie et nous arrivons au bord du terrain pour voir Debra qui se tient en face, sur la partie dégagée du champ.

— Je dois te laisser, Nikki. Saltatrix m'attend !

Mon amie agite la main dans ma direction avant de s'éclipser. Je n'ai pas le temps de m'interroger sur ses paroles mystérieuses, car Debra, micro à la main, s'adresse à nous tous :

— Comme chaque année, les festivités vont démarrer par la course de rennes, et je suis contente de voir que nous avons plus de vingt participantes et participants au-jourd'hui. C'est un record jamais égalé de mémoire d'habi-tant de Carroll Falls !

Des applaudissements s'élèvent autour de nous. Mon attention est attirée par des mouvements de l'autre côté du champ, et je cligne plusieurs fois des yeux avant que l'image ne se fraie un chemin dans mon cerveau : une troupe de rennes aux longs bois semble attendre le signal du départ.

— Une course de rennes ? m'étonné-je.

— Il fallait y penser, pas vrai ?

Je tourne la tête pour voir Samuel qui se tient maintenant à côté de moi. Pour une fois, il semble aussi perplexe que moi. Je veux prendre une autre gorgée de mon vin chaud, mais je me rends compte que mon gobelet est vide. Je louche sur celui de mon garde du corps, le liquide rouge foncé fume dans son gobelet, il n'y a pas touché.

— Vous comptez le boire ? demandé-je.

Le regard de Samuel se pose sur mon visage avant de passer sur le vin chaud. Puis, comprenant ma demande, il me le tend et je lui donne le mien en échange. Je m'empresse de siroter une gorgée.

Debra continue son discours, mais je peux sentir que la foule est fébrile (à moins que le peu d'alcool qui ne s'est pas évaporé dans le vin chaud ne me fasse imaginer des choses).

— Que les concurrents prennent place sur la ligne de dé-part ! lance enfin la vieille femme.

Des sifflements et des cris s'élèvent tout autour de Sa-muel et moi. L'allégresse ambiante commence à me gagner et je ne résiste pas. Ça fait du bien de ne plus ressentir cette tension familière et d'être détendue pour une fois. Étrangement, c'est au beau milieu de centaines d'inconnus que je trouve enfin l'apaisement qui me faisait défaut depuis mon arrivée… Mais je n'ai pas le temps de m'attarder sur ces considérations, car la course commence.

— Ce ne serait pas Elloïs là-bas ?

Je pointe le doigt en direction de la petite silhouette qui grimpe avec agilité sur le dos d'un grand renne.

— On dirait bien, oui, répond Samuel.

Je cligne plusieurs fois des yeux comme pour m'assurer que le spectacle auquel j'assiste est bien réel.

— Ils sont vraiment en train de… chevaucher des rennes ? m'exclamé-je.

Cette fois, mon bodyguard ne répond rien, mais je m'en fiche, je suis trop stupéfaite par ce qui est en train de se passer. Les cavaliers dirigent leur monture vers la ligne de départ, et au signal de Debra, la cavalcade démarre.

La vingtaine de jockeys amateurs effectue un circuit dans la plaine. Lorsque je les vois approcher des troncs de bois disposés sur le sol, je pose la main sur le bras de Samuel :

— Ils ne vont pas faire ça ?!

— Je crois bien que si.

Je lui lance un regard, et surprends le franc sourire qui étire ses lèvres. Quand il est détendu et souriant, c'est dingue ce qu'il peut être canon ! Je secoue la tête, stupéfaite du tour qu'ont pris mes pensées, et reporte mon attention sur la course. Les cavaliers et leur monture franchissent les obstacles avec une agilité déconcertante. Je suis fascinée par la grâce qui émane des grands cervidés. Je n'aurais jamais imaginé que l'on puisse monter des rennes, et encore moins les dresser pour faire des courses, manifestement, les habitants de Carroll Falls sont très imaginatifs quand il s'agit des fêtes de fin d'année…

De son côté, Debra s'égosille dans son micro telle une commentatrice sportive à la télévision :

— Saltatrix est menée d'une courte tête par Prancer ! Mais Smukke n'a pas dit son dernier mot ! Le gagnant de l'année dernière effectue une remontée remarquable. Oh ! Mais que se passe-t-il à l'arrière ?

Mon attention se reporte sur les derniers participants, et manque m'étouffer de rire.

— Il semblerait que Vondin et Agas ont un petit creux.

Les rires se multiplient dans la foule tandis que de l'autre côté du champ, les deux rennes en question se sont arrêtés pour rassasier leur faim. Les deux cavaliers ont beau se démener, il n'y a rien à faire, les animaux n'ont manifestement aucune envie de participer à la course.

— De vraies têtes de mule ! s'amuse Debra.

Je surprends le regard de Samuel posé sur moi, et fronce les sourcils :

— Quoi ?

Il secoue la tête sans répondre, mais j'insiste :

— Oh ! Je vous vois venir… Vous allez dire que je suis aussi têtue qu'eux !

Samuel me dévisage, un petit sourire aux lèvres. Son attention dérive une fraction de seconde en direction de ma bouche avant qu'il ne réponde :

— Je pensais juste que c'est agréable de vous voir aussi détendue.

7

Samuel

Mes paroles ont dépassé ma pensée, mais il est trop tard pour les retirer. Ma cliente ne semble pas s'en offusquer. Elle a reporté son attention sur la course, mais son petit sourire ne m'a pas échappé. Quand elle est ainsi, je pourrais presque oublier son alter ego insupportable et provocatrice.

Les rennes, à l'exception des deux réfractaires, effectuent le parcours réglementaire avant de franchir la ligne d'arrivée sous les applaudissements des habitants de la ville.

— Et le vainqueur est Prancer, talonné de près par Smukke qui a effectué une course extraordinaire ! Sans oublier Saltatrix, en troisième position…

Debra est à fond, elle a un mot à l'attention de chaque duo qui termine la course. Force est de constater qu'elle connait tout le monde (animaux compris) par son nom.

Une fois que tous les participants sont arrivés, la foule se disperse autour de nous. On entend des félicitations et des rires. L'ambiance bon enfant est agréable, loin de la superficialité de L.A. ou des problèmes qui me hantent.

La voix d'Elloïs me tire de mes pensées :

— Qu'est-ce que vous avez pensé de la prestation de Saltatrix ?

La jeune femme s'approche de Nikki et moi, accompagnée de sa monture. Le renne ne semble pas particulièrement intéressé par notre compagnie. L'animal s'empresse de pencher la tête vers le sol pour essayer de trouver quelque chose à se mettre sous la dent.

À mon plus grand étonnement, j'entends Nikki féliciter chaleureusement son amie :

— Tu as été géniale, Elloïs ! Bravo ! Je ne savais pas que tu étais capable de monter comme ça !

La jeune femme rosit de plaisir, du moins, c'est ce dont j'ai l'impression, mais il s'agit peut-être juste de l'effet de l'exercice physique ou du froid.

Nikki flatte l'encolure du renne et je me remets dans mon rôle de protecteur, attentif à ce que la bête ne blesse pas ma cliente.

— Tu veux essayer ? demande soudain Elloïs.

Je crois que la surprise de Nikki est aussi forte que la mienne, car elle fixe Elloïs bouche bée. Je ne crains rien, car si je connais un peu ma cliente, je sais qu'elle ne fera rien d'aussi risqué.

Mais je l'entends répondre :

— Avec plaisir !

Cette fois, c'est mon tour de rester bouche bée. Je rêve ou Nikki vient d'accepter de monter un animal sauvage ?

La jeune femme s'approche déjà de la selle de Saltatrix, mais je m'interpose et place la main sur les rênes du cervidé :

— Ce n'est pas très prudent.

Nikki lève les yeux vers moi, un sourcil haussé, et je distingue l'expression de défi qui s'affiche sur son visage.

Eh merde !

— Merci pour votre sollicitude, Samuel, mais je pense que je vais gérer.

Elle pose la main sur la mienne, et je retire mes doigts comme si j'avais reçu une décharge d'électricité statique. L'instant qui suit, Nikki place son pied dans l'étrier et se met en selle avec une facilité déconcertante.

— Tenez ça, m'ordonne Elloïs.

La jeune femme me fait signe de saisir le harnachement du renne pendant qu'elle se dirige d'un pas rapide vers un autre cervidé. Elle échange quelques mots avec sa cavalière puis elle monte d'un mouvement souple sur la deuxième monture avant de revenir vers nous.

— Tu es prête, Nikki ? Je crois que Smukke a encore envie de se dégourdir les pattes.

Ma cliente lui répond par un large sourire, et quelque chose réagit en moi. Est-ce parce qu'elle est magnifique ou bien parce que je redoute qu'elle se blesse en montant un renne ? Je ne saurais le dire, et le temps que je me pose la question, les deux femmes s'éloignent de moi.

J'assiste impuissant au spectacle de Nikki qui monte l'animal comme si elle avait toujours fait ça. Elle a manifestement de bonnes notions d'équitation, car elle arrive même à faire trotter le renne sans tomber de son dos. J'aimerais dire que je me fiche de ce qu'elle fait, ou bien que si je m'y intéresse, ce n'est que pour une raison strictement professionnelle, mais en vérité, Nikki James pique ma curiosité. Que cache-t-elle sous son masque d'indifférence et de star capricieuse ?

Mon téléphone qui sonne me tire de mes pensées. Je le sors de la poche de ma veste pour connaitre l'identité de mon correspondant, et quand je m'aperçois qu'il s'agit de Valentine, je réponds sans aucune hésitation.

— Salut, Val. Tout va bien ?

— Sami ! Enfin ! Je suis contente de te parler.

Le timbre de ma sœur est un peu voilé, comme si elle essayait de paraitre enthousiaste. Une inquiétude sourde commence à poindre en moi. Que lui arrive-t-il ?

— Qu'est-ce qui se passe ?

Un silence me répond à l'autre bout du fil, et mon cœur se met à battre plus vite.

— C'est maman ? Elle a rechuté ?

Toujours pas de réponse.

— Valentine, réponds-moi !

— Non, non, maman va bien.

Sa voix est entrecoupée.

— Tu pleures ?

Je regarde autour de moi, l'angoisse et la frustration me tenaillant le ventre. Je me trouve à des centaines de kilomètres de Valentine, il n'y a rien que je puisse faire pour elle dans l'immédiat. À moins que je ne contacte quelqu'un à la salle ? Je commence à passer mentalement en revue les personnes de confiance qui pourraient me rendre ce service quand ma sœur se met soudain à parler très vite :

— C'est juste que… Il a rompu avec moi, tu comprends ? Je ne pensais pas que ça durerait pour la vie, mais… Il ne m'a même pas donné de raison. Du jour au lendemain, il m'a *ghostée*[1]…

— Tu parles du mec avec lequel tu étais censée ne pas sortir ? grogné-je.

Un reniflement me répond, et je sens que je ne vais pas tarder à m'énerver. Si je garde tout mon self-control, c'est parce que ma cliente n'est pas loin.

— Val, il t'a fait quelque chose d'autre ?

Je pose la question même si je préfèrerais ne jamais entendre la réponse, car je sais très bien ce qu'il se passera si ce mec a déconné… Et ce ne sera pas beau à voir.

Valentine le sait très bien et elle réagit au quart de tour :

— Non, rien d'autre. Pas la peine de t'énerver.

Je reprends mon souffle et jette un coup d'œil en direc-

---

[1] Du mot anglais « ghost » : fantôme. Expression qui signifie qu'une personne en ignore une autre.

tion de Nikki et Elloïs. Les deux cavalières semblent prendre du bon temps, et elles sont trop loin pour entendre ma conversation.

Valentine m'a appelé pour se confier, je vais donc tâcher de ne pas m'agacer et lui apporter mon soutien. J'ai eu seize ans moi aussi, je me rappelle qu'à cette époque il m'arrivait de m'emballer pour un rien.

— Qu'est-ce que je peux faire pour toi, Val ? Tu veux que je rentre pour lui botter les fesses ? Que je lui casse une ou deux dents pour qu'il arrête de faire le joli cœur ? Tu sais que tu n'as qu'un seul mot à dire et je…

Un petit rire m'interrompt, et je comprends que j'ai rempli mon rôle de grand frère protecteur.

— Ne me tente pas, réplique-t-elle. Ça ne lui ferait pas de mal de gagner un peu d'humilité… Mais non, je ne veux pas que tu le frappes.

— Heureusement que tu es la plus sensée de nous deux, petite sœur.

Elle a un autre rire, plus léger celui-là, et je me détends.

— Tu me manques, Sami.

Mon cœur se serre. Elle me manque énormément elle aussi, mais je préfère ne pas en rajouter, alors je lance sur un ton léger :

— Nous ne nous sommes plus vus depuis deux jours à peine…

Elle renifle.

— Ça pourrait tout aussi bien faire une semaine ! Et puis, tu ne vas pas rentrer avant longtemps…

Valentine a raison, mais j'essaie d'être assez courageux pour deux :

— Ce séjour passera très vite, tu verras. Et à mon retour, je te promets de t'emmener faire du shopping.

— Euh… Qui êtes-vous et qu'avez-vous fait de mon frère ? Le Samuel que je connais ne mettrait jamais les pieds dans un centre commercial à moins d'y être obligé par POTUS[2] lui-même.

— Tu ne crois pas que tu exagères ?

— À peine ! Je ne me souviens même plus de la dernière fois où tu as fait des achats dans un magasin, Sami !

Je repense à Nikki et à notre virée dans la boutique ce matin même. Mais dans ce cas, il s'agit de travail, je n'y suis pas allé pour mon plaisir.

— Reviens vite, grand frère.

La voix de Valentine est tendre tout comme la mienne quand je lui réponds :

— Promis.

Nous raccrochons, et je reste un instant à regarder l'écran éteint de mon téléphone. Qu'est-ce que je fais ici ? J'ai un besoin urgent de l'argent que ce contrat va me rapporter, mais ce sont mes choix de vie qui m'ont conduit ici qui me posent question. J'aurais dû me montrer plus prudent et ne pas tomber dans le piège de Helfer… Sauf qu'il est inutile de me flageller pour des événements passés, je ne peux pas

---

[2] POTUS : acronyme utilisé pour désigner le Président des États-Unis d'Amérique.

remonter le temps et tout changer, alors la seule chose qu'il me reste à faire, c'est de m'assurer que ça ne se reproduira pas.

Lorsque les deux femmes reviennent vers moi, une grande partie des habitants a vidé les lieux. Je dévisage Nikki qui ne semble plus être la même femme. Est-il possible qu'une simple promenade à dos de renne l'ait changée ?

— Vous viendrez à la maison ce soir ? propose Elloïs au moment de nous séparer.

Je ne réponds rien, moi je me contente de suivre Nikki où qu'elle aille, libre à elle de décider de son emploi du temps. Cette dernière semble hésiter sur la réponse à donner à son amie. Elloïs insiste :

— Sid et Debra organisent un atelier dans la grange après le repas.

Elle fait allusion au grand bâtiment aux murs rouges qui se situe derrière le chalet principal. Je l'ai tout de suite remarqué en arrivant, il est typique des propriétés qui élèvent du bétail. Il ne m'avait pas semblé voir d'animaux dans les parages, mais je me souviens aussi qu'Elloïs allait donner à manger à des bêtes hier soir.

— Je ne sais pas, répond évasivement Nikki.

Ma cliente a retrouvé sa mine renfrognée. Il faut croire que la compagnie des animaux lui est plus profitable que celles des hommes…

Elloïs ne s'avoue pas vaincue si facilement :

— Laisse-toi faire, Nikki. Je t'assure que tu passeras du bon temps. Je ne t'avais pas menti pour la course.

La star de la pop hausse les épaules.

— Bon, enchaine Elloïs, si tu changes d'avis, on dinera à sept heures et ensuite on sera dans la grange. C'est comme tu veux.

Nous quittons la jeune femme et regagnons la voiture sans échanger un seul mot. Nikki semble plongée dans ses pensées, et je crois que je préfère le silence à ses provocations alors je ne dis rien.

Ce n'est qu'au moment où la voiture s'engage sur la route sinueuse qui va nous ramener dans les hauteurs de la montagne que Nikki m'adresse la parole :

— Vous n'en avez pas marre ?

Je fronce les sourcils et lui jette un bref coup d'œil entre deux lacets de la route.

— Il va falloir être plus précise là…

— Je veux dire : ça ne vous ennuie pas de ne pas vous appartenir ?

Je comprends qu'elle fait allusion à mon job. Peu enclin à lui dévoiler le fond de mes pensées, je me contente de hausser les épaules en guise de réponse.

— Moi je n'en peux plus, soupire-t-elle.

Il y a une telle lassitude dans sa voix que je ne peux pas m'empêcher de la regarder. Un pli soucieux barre son front. Peut-être que sa vie n'est pas aussi rose et simple que je l'ai d'abord cru…

Je réponds :

— On ne fait pas toujours ce qu'on veut, mais dans l'ensemble, j'estime être satisfait de mes choix.

Vraiment ? Même de celui qui t'a conduit entre les griffes d'Helfer ?

— Eh bien, vous avez de la chance, Samuel. Beaucoup de chance.

Non, je n'en ai pas. En fait, je suis probablement le mec le moins chanceux de la Terre, mais je ne la détrompe pas. Je suis en passe d'atteindre un de mes objectifs principaux dans la vie, l'indépendance financière, alors peut-être que la roue a finalement tourné pour moi et que tout ira mieux dans le futur.

8

Nikki

La nuit tombe sans que j'aie pris de décision pour le repas du soir. Mais quand je passe dans la petite cuisine du chalet, la simple perspective de me mettre aux fourneaux me pousse à accepter l'invitation d'Elloïs.

C'est ainsi que je me présente à la porte de l'habitation principale à l'heure indiquée. Samuel m'accompagne, comme il le fait à chaque instant depuis l'aéroport. Maintenant qu'il est là, je ne suis plus jamais seule. Plus les heures passent, moins je ressens cet agacement du départ, et je ne suis pas certaine que ce soit une bonne chose. Je chasse mes pensées à l'instant où la porte d'entrée s'ouvre sur le sourire avenant de Sid. Le grand-père d'Elloïs porte une tenue un peu surprenante : un pantalon vert et un pull de Noël particulièrement moche sur lequel sont brodées des boules de Noël à la forme pas tout à fait géométrique. Je crois que mon cerveau est en train de faire une overdose de mauvais gout...

— Nous n'attendions plus que vous ! s'exclame-t-il.

Samuel et moi pénétrons dans le vestibule à la suite du vieil homme. Nous retirons nos bottes et nos vestes avant de nous rendre dans la salle à manger. Nous occupons les mêmes places que la veille, et sitôt que la prière a été prononcée, nous entamons le repas.

— Vous vous êtes surpassée, Debra, ce rôti en croute est délicieux, la complimente Samuel.

Je le dévisage avec étonnement. Il parait plus détendu qu'hier. À y regarder de plus près, il a même l'air d'être comme un poisson dans l'eau installé à cette table avec de parfaits étrangers. Cet homme est plein de surprises... En plus d'avoir un sang-froid remarquable, il a aussi une capacité d'adaptation étonnante. Et puis les gens semblent l'apprécier immédiatement. Comment se fait-il que ça n'a pas été mon cas ?

Le fil de mes pensées est interrompu par Debra qui m'adresse la parole :

— Qu'avez-vous pensé de la course, Nikki ?

— C'était...

Je marque une pause pour trouver le mot adéquat, celui qui ne froissera personne.

— Étonnant, finis-je par dire. Je ne savais pas que l'on pouvait monter des rennes...

Elloïs a un large sourire.

— Peu de gens le font dans le monde, mais c'est une tradition à Carroll Falls.

— Une parmi tant d'autres, si j'ai bien compris, remarqué-je.

Mon amie d'enfance s'agite sur sa chaise :

— Oui ! Je suis tellement contente de pouvoir partager tout ça avec toi !

J'ai du mal à me montrer aussi heureuse qu'elle, sans doute parce que je ne suis pas encore totalement détendue. Les fantômes de mon passé ne me quittent pas, et les souvenirs de mon agression me hantent, ce qui me laisse dans une position défensive : j'ai constamment l'impression que l'on va s'en prendre à moi.

C'est moins fort depuis que je suis retombée dans l'anonymat de ma vraie identité : personne ne connait Nikki James. Les journalistes et les groupies ne jurent que par Trinity, ils ne voient qu'elle. Et pour une bonne raison : j'ai fait en sorte que cela se passe ainsi. J'étais bien trop heureuse de laisser Nikki derrière moi pour endosser le costume de Trinity. C'était comme me cacher du reste du monde tout en étant le centre d'attention.

Je reporte mon attention sur Elloïs :

— Bravo pour la course.

Mon amie rosit de plaisir. Je l'ai déjà félicitée pendant qu'elle m'offrait un tour à dos de renne ce matin.

— Elloïs travaille très dur pendant l'année pour y arriver, précise Debra.

La vieille femme lance un regard attendri à mon amie.

— Saltatrix est à vous ? intervient Samuel.

À nouveau, je suis surprise de constater à quel point il est à l'aise ce soir.

— Absolument, répond Sid. Nous avons plusieurs rennes, comme la plupart des habitants de la ville.

Je suis étonnée que tant de personnes en possèdent, les rennes ne m'étant jamais apparus comme des animaux domestiques, mais je n'en fais pas la remarque.

— C'est une vieille tradition chez nous, continue le vieil homme. D'ailleurs, tout le monde vous le dira : si nous avons des rennes, c'est parce que le père Noël vivait ici avant de déménager en Laponie.

Debra a un petit rire tandis qu'Elloïs roule des yeux :

— Grand-père adore raconter ça à tous les enfants de la ville… Il n'y a qu'eux pour y croire encore !

Sid secoue la tête :

— Je me souviens d'une époque où tu y croyais dur comme fer, ma petite.

— Oui ! Quand j'avais cinq ans ! s'esclaffe Elloïs. Depuis, j'ai arrêté d'écouter toutes tes histoires.

Le vieil homme hausse les épaules dans un mouvement faussement fataliste. Leurs petites chamailleries ont un côté tellement intime que j'ai l'impression de ne pas être à ma place parmi eux… Je ravale la boule qui s'est formée dans ma gorge.

— Il est presque l'heure d'aller à la grange, intervient Debra.

Et c'est comme si elle avait enclenché un compte à rebours : Elloïs et Sid commencent à débarrasser la table. Machinalement, je saisis mon assiette pour les aider, mais Debra me l'interdit. Samuel et moi finissons par rester seuls dans la salle à manger.

Je ne peux pas m'empêcher de le dévisager : il a l'air à l'aise, comme s'il avait toujours connu cette famille et cette maison.

— Vous êtes un vrai caméléon.

Les mots m'ont échappé, et je ne peux pas les rattraper. Samuel m'observe attentivement :

— C'est aussi valable pour vous.

Il n'en dit pas plus, et je suis sur le point de répliquer quand nos hôtes reviennent dans la pièce. Il est temps d'aller dans la grange.

Tandis que nous parcourons la faible distance qui sépare la maison de son annexe, je me demande ce qui nous attend ce soir… Qu'est-ce que les habitants de Carroll Falls ont encore inventé ? Une course de lapins ? Le concours du plus bel ours en peluche ? Je crois qu'après la course de rennes, plus rien ne pourra me surprendre.

D'autres personnes arrivent en même temps que nous et lorsque nous franchissons le seuil de la grange, je marque un arrêt. Nos hôtes continuent leur chemin tout en conversant avec les habitants qui sont déjà sur place.

Samuel manque de me rentrer dedans :

— Qu'est-ce que…

Les mots restent bloqués dans sa gorge quand il voit le décor qui s'offre à nous.

— C'est…

Mais je ne finis pas non plus ma phrase, car les mots me manquent pour exprimer ce que je ressens à cet instant.

L'intérieur du bâtiment n'est pas conforme à ce qu'on s'attend à trouver dans une grange agricole, ici il n'y a aucun matériel pour cultiver la terre ou pour élever du bétail. Seule l'odeur d'herbe séchée qui imprègne les lieux témoigne de l'usage initial de la grange. Le vaste espace est éclairé par des suspensions colorées et une multitude de guirlandes de Noël qui produisent une ambiance un peu tamisée. Il règne une chaleur assez douce, un peu surprenante étant donné la grandeur de la salle, mais très agréable.

Je me rends compte que je suis au beau milieu du passage quand d'autres habitants de la ville arrivent. Je me décale sans cesser de contempler la décoration.

— On est dans l'atelier du père Noël ! m'exclamé-je.

Samuel qui est toujours près de moi répond :

— Me croiriez-vous si je vous disais que je m'attends à voir surgir des lutins ?

J'ai un petit sourire en songeant qu'il a tout à fait raison. L'intérieur de la grange ressemble à l'idée que l'on pourrait se faire de l'atelier du père Noël : il y a des décorations de partout, des branches de sapins sont entreposées dans un coin et je peux sentir l'odeur piquante des aiguilles des conifères. De grandes caisses en bois ont été retournées afin de les utiliser comme des établis et forment plusieurs ilots autour desquels les participants sont en train de se regrouper.

Mon attention est saturée par l'excès de stimuli visuels. Il y a tellement d'objets partout qu'on se croirait dans une sorte de grande surface de décoration, ou de bricolage. Après réflexion, on pourrait dire qu'il s'agit d'un mélange des deux.

Elloïs revient vers nous :

— Désolée de vous avoir laissés, on a réclamé mon aide…

Mon visage doit exprimer mon étonnement, car elle a un petit rire :

— Ça fait toujours cet effet la première fois. Allez, venez, je vais vous installer à un atelier.

Samuel et moi lui emboitons le pas, et je ne peux pas m'empêcher de l'interroger :

— Qu'est-ce qu'on est censés faire ?

Elloïs me lance un coup d'œil :

— Des décorations de Noël.

— Vous comptez décorer toute la ville ? l'interroge Samuel.

— Pas tout à fait, réplique Elloïs.

Elle s'arrête à côté d'une grosse caisse en bois retournée sur laquelle sont posés des tas d'éléments de déco, avant de nous expliquer :

— La tradition veut que chaque habitant fabrique une décoration qu'il déposera sur le grand sapin de la ville.

Un silence passe entre nous trois et c'est Samuel qui l'interrompt :

— On va faire des travaux manuels ?

Elloïs lui adresse un large sourire dont elle a le secret et hoche la tête :

— Absolument !

Elle fait un geste en direction du matériel étalé devant nous :

— Laissez libre cours à votre imagination ! Vous pouvez fabriquer ce que vous voulez : une boule, une guirlande, un personnage… Tout ce qui vous plait. Je dois aller aider grand-mère à préparer le chocolat chaud, mais je reviens vite vous voir.

Sur ces mots, elle s'éloigne. Au même moment, quatre jeunes gens nous rejoignent. Parmi eux, une jeune femme me dévisage avec insistance puis s'adresse à moi :

— Oh ! Bonsoir, je pensais bien vous avoir reconnue !

Mon cœur tressaute dans ma poitrine. Cela devait bien finir par arriver… Comment ai-je pu croire que je pourrais me balader incognito ? Le visage de la jeune femme est avenant, mais j'imagine sans difficulté ce qu'il va se passer ensuite : elle va dévoiler que je suis Trinity, et en moins de temps qu'il n'en faut pour le dire, un attroupement va se former autour de moi. Mon rythme cardiaque s'emballe, mes mains deviennent moites, et je lance un regard à Samuel.

Mon garde du corps fronce les sourcils, mais il ne réagit pas, inconscient de ce qui se joue pour moi à cet instant. J'ai l'impression que le décor se met à tourner autour de moi…

Samuel se rend enfin compte que je ne me sens pas bien, il réduit l'espace entre nous. Je sens à peine sa main qui se place sur la mienne :

— Nikki, est-ce que tout va bien ?

— Vous êtes passée à la boutique ce matin, enchaine la jeune femme.

Je cligne plusieurs fois des yeux avant de reconnaitre la vendeuse qui s'est occupée de me vendre les bottes plus tôt dans la journée. Je reprends mon souffle en me traitant d'idiote.

Il me faut quelques secondes avant de hocher la tête, et la jeune femme me sourit de plus belle. Mais c'en est trop pour moi. Je retire ma main de celle de Samuel et tourne les talons.

Sans même donner un mot d'excuse, je me dirige vers la sortie. Ce n'est qu'une fois à l'extérieur que je sens l'angoisse refluer. J'inspire profondément l'air glacé, et resserre les pans de mon manteau autour de moi.

Je lève les yeux vers le ciel où les étoiles scintillent, ce qui ne manque pas de me rappeler le spectacle du Super Bowl…

9

Samuel

Nikki s'enfuit à l'extérieur, mais je la suis de près. Hors de question de la perdre des yeux une seule seconde. Une fois dehors, je la laisse marcher un peu, et je ne m'impose pas quand elle lève la tête pour observer le ciel étoilé. Ici on a une vue imprenable sur la Voie lactée, pour un peu je regretterais la faible étendue de mes connaissances en matière d'astronomie.

— Je ne peux pas faire ça…

Nikki a parlé tout bas, pour elle-même, mais je l'ai entendue.

— Je suis certain que vous avez plus de force que vous ne le croyez.

La jeune femme sursaute et tourne la tête dans ma direction. Un air vulnérable flotte sur son visage et me donne l'envie de la prendre dans mes bras pour la rassurer. Je chasse cette pensée importune.

— Vous ne savez pas de quoi vous parlez, Samuel.

Je ne sais pas si elle avait l'intention de faire passer du dédain dans sa phrase, mais ce n'est pas l'effet produit : à cet instant, elle semble encore plus fragile.

— Expliquez-moi, Nikki. Je suis là pour vous aider et vous protéger. Plus j'en saurai, et mieux je pourrai faire mon travail.

Une lueur d'hésitation passe dans son regard, elle se mord la lèvre comme si elle réfléchissait intensément. Enfin, elle lâche :

— Je n'aime pas la foule.

— Plutôt paradoxal pour une star de la pop, commenté-je.

Elle cille plusieurs fois.

— Depuis…

Nikki déglutit avant de continuer :

— … Ce soir-là, je ne suis pas rassurée quand il y a trop de monde.

Je comprends qu'elle fait allusion à la tentative de meurtre dont elle a fait l'objet en début d'année. Je jette un coup d'œil en direction de la grange qui va bientôt être bondée si les habitants continuent d'affluer ainsi, avant de reporter mon attention sur ma cliente :

— Vous n'êtes pas obligée d'y retourner.

Elle m'observe attentivement et je me demande à quoi elle pense, mais la seconde suivante, je peux observer le changement s'opérer en elle : toute trace de vulnérabilité s'évanouit sur son visage, elle carre les épaules, et relève le menton.

— Ne soyez pas ridicule, je suis capable de fabriquer une décoration de Noël.

Okay, de toute évidence, la Nikki insupportable est de retour. Cette femme a vraiment deux facettes, et plus je la côtoie, plus je comprends que ces deux aspects de sa personnalité sont en lutte constante pour prendre le dessus.

Ma cliente passe devant moi sans m'adresser un coup d'œil. Elle pénètre dans la grange et je pousse un soupir avant de l'y suivre.

❄❄❄❄❄❄

L'ambiance à notre atelier est plutôt détendue. Le groupe d'amis qui est avec nous semble se connaitre depuis toujours, et les échanges de vannes vont bon train.

— Nico, passe-moi la glue et arrête de dire des âneries, s'exclame la vendeuse de la boutique qui se prénomme Anita.

Le jeune homme auquel elle s'adresse lève les mains en l'air en signe d'innocence :

— Je te le jure ! J'aurais pu facilement me faire sept-cents dollars en pariant sur le bon renne !

Les deux autres jeunes gens, Lila et Brice s'esclaffent.

— Peut-être, contrattaque Anita, encore aurait-il fallu que tu mises sur le bon tiercé gagnant !

Nico se renfrogne et je jette un coup d'œil à Nikki. Elle semble s'être détendue, elle sourit même parfois à certaines plaisanteries des jeunes.

— Vous devriez vous calmer, si Meryl vous entend, elle est capable de vous coller en cellule pendant deux jours, temporise Lila.

Je fronce les sourcils, surpris :

— C'est quoi cette histoire ?

Lila me jette un coup d'œil et prend une teinte rouge vif. C'est Anita qui m'explique :

— On n'a pas le droit de parier sur les résultats de la course de rennes. Meryl, notre shérif, estime que ce n'est pas dans l'esprit de Noël.

— Si on écoutait tout ce que Meryl nous dit de ne pas faire, on n'aurait plus aucun amusement, se renfrogne Nico.

Des paris sur les courses de rennes… Je crois que je n'ai pas fini d'être surpris par les habitants de cette ville.

— Vous ne devriez pas utiliser de la colle brulante sur ce papier, me fait remarquer Anita.

Je baisse les yeux sur la pauvre décoration de Noël que je suis supposé fabriquer, il s'agit d'une guirlande. Mais le résultat est loin d'être réussi. Je hausse les épaules dans un mouvement fataliste.

— Je ne la mettrai pas sur le sapin, voilà tout.

À voir la tête que les jeunes gens font, je crois que j'aurais aussi bien pu annoncer que je comptais faire cramer le sapin de Noël de la ville le lendemain.

— On va vous montrer, propose gentiment Lila.

Et elle s'approche de moi. Ses explications ne me parviennent pas vraiment, car je capte le regard que lui lance Nikki… On dirait qu'elle n'apprécie pas que Lila m'aide. Il n'est pas dans mes intentions de froisser ma cliente, pourtant je laisse faire Lila qui me montre comment plier le papier pour obtenir un découpage régulier et produire des sapins dignes de ce nom.

— Mais du coup, tu as gagné combien ? demande Brice à Nico.

— Ben… Rien.

Les jeunes femmes se mettent à rire. Et j'ai moi aussi un sourire. Le petit groupe me fait penser à ma sœur. Bien qu'elle soit un peu plus jeune, Valentine se sentirait tout à fait à son aise parmi eux, j'en suis certain.

Une fois qu'elle est sûre que je maitrise la découpe, Lila regagne sa place.

— Vous avez une nouvelle fan, on dirait, Samuel.

Je tourne la tête vers Nikki. Elle a les joues un peu roses, et son attention est rivée à la couronne qu'elle est en train de fabriquer. Elle fait preuve de minutie et le résultat est assez réussi. Elle me jette un coup d'œil en coin.

— C'est plutôt votre truc, les fans, contré-je.

Elle se tend un peu.

Je m'assure que les jeunes gens sont occupés à discuter entre eux et ne nous prêtent pas attention avant de m'adresser à Nikki à voix basse :

— Je ne voulais pas vous stresser. J'ai l'impression qu'ici personne ne sait qui vous êtes, et que même s'ils étaient au courant, tout se passerait bien.

Nikki relève brusquement la tête pour me regarder bien en face :

— Vous êtes particulièrement naïf, Samuel. S'il y a bien une chose qui révèle la vraie nature des gens, c'est la célébrité. Dès qu'ils ont la possibilité de la toucher, ne serait-ce que du bout du doigt, les gens changent. Vous n'avez aucune idée de ce que ça fait de ne plus avoir de contact avec d'autres personnes par peur de ne pas avoir de relation véritable.

Je ne réponds rien, non pas parce que je n'ai rien à dire, mais parce que je sens que Nikki a besoin de se libérer de certaines choses et que je l'aide en l'écoutant. C'est donc ce que je fais, et elle continue :

— Comment faire confiance aux autres, Samuel ?

Mais je n'ai pas le temps de lui répondre, car Elloïs s'approche de nous et lance à la cantonade :

— Qui veut un chocolat chaud ?

Des exclamations ravies s'élèvent autour de notre atelier et les quatre amis quittent leur poste pour suivre Elloïs. Je me tourne vers Nikki qui n'a pas bougé.

— Vous ne voulez pas un chocolat chaud ?

Elle hausse les épaules :

— Allez-y, si ça vous fait envie. Vous n'avez pas besoin de me surveiller constamment.

— En fait si, c'est quand même un peu mon job…

Nikki me dévisage d'un air pensif.

— Pourquoi vous faites ça ?

Je fronce les sourcils, pas certain de bien la suivre :

— Pourquoi je fais quoi ?

— Ce job.

Je regarde autour de nous, une bonne partie des participants à l'atelier est regroupée devant la table où Elloïs et Debra servent du chocolat chaud. Je reporte mon attention sur Nikki :

— Pour la même raison que la plupart des gens qui travaillent : parce que j'ai besoin de mon salaire.

Ma cliente secoue la tête, et elle repose la guirlande qu'elle tenait à la main :

— Allons boire une tasse de ce chocolat que tout le monde semble tant apprécier.

Je la suis sans discuter et nous récupérons chacun un gobelet fumant.

— N'oubliez pas les guimauves, nous lance Elloïs.

Nikki tend son chocolat pour avoir une ration de sucrerie, mais je fais signe que je n'en veux pas.

— Ne me dites pas que vous faites partie des personnes antisucre ? m'interroge Nikki.

— Ça existe ? m'étonné-je.

Elle hausse les épaules :

— Quand il s'agit de l'alimentation, il y a des antitout de nos jours…

Elle sirote sa boisson, et je l'imite. Je ne suis pas un fana de ce genre de breuvages, mais j'admets volontiers que ce chocolat chaud est délicieux. De la musique passe, uniquement des morceaux de Noël bien évidemment, et Nikki se met à fredonner.

Je me rends alors compte que c'est la première fois que je l'entends chanter depuis que j'ai pris mon poste comme garde du corps.

— Vous n'avez pas besoin de répéter ?

La question est sortie toute seule, sans doute que je vais plus loin que ce que mes fonctions requièrent, mais tant pis. Le visage de Nikki se referme, et elle arrête de siroter son chocolat. Son regard fuit le mien sans que je comprenne pourquoi.

— Je suis certain qu'il doit y avoir un studio ou quelque chose dans le genre pas loin d'ici, continué-je.

— Si j'ai besoin de votre aide sur ce point, je vous le préciserai, tranche-t-elle d'un ton sec.

Sans rien ajouter, elle tourne les talons et s'éloigne en direction de notre table. Cette femme est un mystère, juste quand j'ai l'impression d'arriver à la cerner, il se passe quelque chose qui me fait comprendre que ce n'est pas le cas.

En parlant de répétitions, moi j'ai besoin de trouver un gymnase ou une salle de sport au plus vite. Rester plus d'une journée sans faire d'exercice nuit à mon équilibre. Il faudra que j'en touche un mot à Sid ou Debra quand ils seront disponibles. Je suis certain qu'ils auront une solution à me proposer.

Soudain, l'idée me vient que Nikki sera seule pendant tout le temps où je m'entrainerai. C'est inadmissible. Il faut que je lui propose de faire du sport avec moi. Après tout, une artiste comme elle doit forcément s'exercer pour garder la forme. Je n'ai jamais regardé les clips de ses morceaux ni assisté à un de ses concerts, mais je me doute qu'elle doit danser.

Le fil de mes pensées est interrompu par l'arrivée d'Elloïs :

— Alors, tu aimes notre chocolat ? C'est une recette de famille.

Ses yeux pétillent, de toute évidence, elle adore toutes ces traditions autour de Noël. Personnellement, je n'ai jamais vu autant de gens aussi fans de cette fête. Non, en fait, c'est plus qu'être fan, ça vire à l'obsession…

— C'est très bon, lui assuré-je.

— Contente que ça te plaise. Où est Nikki ?

Elloïs regarde autour d'elle, et je suis sur le point de lui répondre que son amie se trouve à son poste de bricolage, mais quand je regarde dans cette direction, je constate que ma cliente n'y est pas.

Je reprends aussitôt mon rôle de garde du corps, mes sens en alerte. Je scrute la foule, mais je ne trouve pas Nikki.

— Elle est probablement rentrée au chalet, conclut Elloïs avec un haussement d'épaules.

Mais elle n'a pas l'air d'être au courant de ce qui est arrivé à Nikki en début d'année, et un frisson d'angoisse remonte le long de mon dos.

— Je vais la chercher, lancé-je tout en me dirigeant vers notre poste de bricolage qui est vide.

Le groupe de jeunes est toujours en train de déguster du chocolat chaud. Je constate que les affaires de Nikki ne sont plus là. Sa décoration a disparu elle aussi. Je me hâte de récupérer mon manteau et quitte la grange. Le froid est saisissant, et l'ensemble des participants à l'atelier d'arts plastiques est à l'intérieur. Il n'y a personne en vue.

Où est donc passée Nikki ?

10

Nikki

Après avoir déposé ma couronne sur le porche du chalet, je me suis mise à marcher droit devant moi sans avoir de destination précise en tête. Je ne connais pas les environs, et ce n'est pas forcément le bon moment pour partir en exploration étant donné qu'il fait nuit, mais tant pis. J'ai besoin de m'aérer, et surtout, de m'isoler. Tous ces gens regroupés au même endroit… C'est trop pour moi.

Me concentrer sur les travaux manuels était une bonne manière de ne pas laisser l'angoisse me submerger, mais maintenant, j'ai besoin de retrouver le confort de ma solitude. Et ce n'est pas Samuel qui m'aurait laissé faire, alors je lui ai faussé compagnie dès que j'ai pu.

Pourtant, je suis forcée d'admettre que sa présence à mes côtés est réconfortante. Il possède cette force tranquille qui m'apaise.

Ne t'y habitue pas trop, il ne restera pas avec toi pour toujours.

Cette pensée provoque un petit pincement dans ma poitrine. Ce que je trouve parfaitement ridicule, Samuel n'est qu'un étranger pour moi !

Un étranger qui va finir par te connaitre mieux que quiconque…

Pour une fois, je prête une oreille attentive à la voix de ma conscience qui tente de me faire passer un message. Le seul hic, c'est que je ne suis pas d'accord avec elle. Samuel n'est rien d'autre que mon bodyguard. Point final.

J'accélère le pas, la neige crisse sous la semelle de mes bottes et je me prends à regretter d'avoir choisi le modèle à talons. Peut-être que je pourrai retourner à la boutique demain pour en acheter d'autres ?

Sans même y prêter attention, je me suis enfoncée sur le chemin qui traverse les bois. La lune est haute dans le ciel, presque pleine, et sa lumière qui se reflète sur la neige me permet de me repérer. Tant qu'il ne se met pas à neiger, je devrais être capable de revenir sur mes pas.

Les grands conifères s'écartent et le chemin aboutit sur une vaste étendue blanche. Une clôture se matérialise devant moi, mettant un terme à ma promenade nocturne. Je suis sur le point de faire demi-tour lorsqu'un renâclement attire mon attention : à ma gauche une grande silhouette se découpe contre le ciel étoilé. Les immenses bois qui ornent la tête de l'animal ne laissent pas de place au doute ; il s'agit d'un renne.

L'animal a repéré ma présence et se dirige tranquillement vers moi. Sa démarche souple ne fait presque aucun bruit. Le cervidé s'approche jusqu'à la clôture et passe la tête par-dessus.

— Salut, toi.

J'hésite avant de lui faire sentir ma main. Le souffle chaud et humide de l'animal frôle ma peau et quand je me suis assurée que je peux le toucher sans risque, je caresse son museau. La douceur de son pelage ne me surprend pas, il a la même texture que celui de Saltatrix.

Lorsque je retire ma main, le renne frotte son sabot sur le sol. Je ris tout bas :

— Oh, je vois que tu es exigeant !

Je lui donne quelques caresses supplémentaires, tout en songeant que je devrais me remettre à l'équitation, ou peut-être adopter un animal de compagnie. Jusqu'à présent, j'ai toujours refusé d'être ce genre de personne qui trimballe une pauvre bête dans son sac à main… Mais je mesure l'effet bénéfique qu'a un animal sur moi. Au moins, ces êtres me voient pour ce que je suis : une humaine. Avec elles, pas besoin de masque ou de faux semblants, je peux être moi-même sans crainte.

— Non, mais vous êtes inconsciente !

La voix de Samuel me fait sursauter et le renne s'agite. Je m'écarte de la clôture pour éviter de me prendre un coup de bois.

— Je vous ai cherchée partout.

Je me détourne à regret de l'animal pour faire face à mon garde du corps. La tension est perceptible dans la manière dont il se tient.

— Je suis une adulte responsable, Samuel, et jusqu'à preuve du contraire, j'ai encore le droit de faire une balade.

Il croise les bras sur son torse en me toisant :

— Seule et au milieu de la nuit ?

— Il n'est pas si tard…

— On ne va pas jouer sur les mots. Vous êtes partie sans me prévenir, ce n'est pas normal.

— Ce qui n'est pas normal, c'est que j'ai besoin de la protection rapprochée d'un garde du corps armé, lâché-je d'un ton las.

Samuel fronce les sourcils, mais se détend un peu.

— L'arme est là pour votre sécurité, Nikki.

Un petit rire amer m'échappe :

— Excusez-moi si je n'ai pas le même rapport aux revolvers que vous…

Inconsciemment, je porte la main sur ma cuisse, là où la balle a traversé mes chairs. Je me souviens encore de la douleur que j'ai ressentie ce soir-là…

Samuel change de sujet :

— D'après Sid, il va bientôt neiger, nous ferions mieux de rentrer.

Je donne une dernière caresse au renne avant de tourner les talons.

Il ne nous faut pas longtemps pour regagner le chalet, et quand je retrouve la chaleur confortable à l'intérieur, je sens la fatigue peser sur mes épaules comme une chape de plomb.

Je me laisse tomber sur le canapé, les yeux perdus sur le feu qui crépite dans la cheminée. Je me demande vaguement qui s'occupe de l'alimenter.

— Vous feriez mieux de vous reposer, lance Samuel.

Je relève les yeux vers lui. Sa large carrure parait encore plus imposante dans la petite pièce.

— Pourquoi ?

Son regard s'attarde sur mon visage, et je sens une chaleur nouvelle se diffuser dans mes veines…

— J'ai des projets pour nous demain, Nikki.

❄❄❄❄❄❄

— Non merci ! Ce n'est pas pour moi !

Je lève les mains pour signifier que je n'avancerai pas plus, mais Samuel me dévisage attentivement :

— Vous n'avez même pas essayé !

Je croise les bras sur ma poitrine, d'un air buté.

— Il n'y a pas toujours besoin d'essayer pour savoir que ce n'est pas ce qu'on doit faire. Tenez, j'ai le vertige, donc je ne tenterai pas de faire du saut en parachute ! Je sais que je ne le vivrais pas bien.

Je suis très fière de ma petite métaphore, mais je vois bien que Samuel n'est pas convaincu.

— Je ne vous demande pas de sauter dans le vide, simplement de faire de l'exercice.

Nous nous trouvons dans une salle de sport, et je fixe d'un œil morne le ring à côté duquel se tient Samuel.

— Je ne sais pas faire *ça*…

Les bras croisés sur la poitrine pour montrer à quel point je suis sérieuse, je ne bronche pas. Samuel doit comprendre que je ne lui obéirai pas, car il argumente :

— Je suis certain que vous aimerez ça.

— C'est ce que tous les hommes disent…

Le coin de ses lèvres tressaute, et je jurerais qu'il se retient de sourire.

— Faites-moi confiance, Nikki. Tout va très bien se passer.

Une part de moi a envie de le croire, pourtant je reste sur la défensive. Il grimpe sur le ring et se penche pour me tendre la main. Je regarde autour de moi, essayant de trouver une parade efficace qui m'épargnerait de rejoindre Samuel.

— Allez, Nikki, vous n'allez quand même pas me dire que je vous effraie ?

Cette fois, il me pique au vif, je carre les épaules et redresse le menton :

— Je n'ai pas peur de vous !

— Alors, prouvez-le.

Il m'observe attentivement, comme s'il pensait que j'allais prendre mes jambes à mon cou, mais je ne lui ferai pas ce plaisir. Je me ressaisis et fais un pas en direction du ring.

À l'instant où je saisis la main de Samuel, je me sens soulevée dans les airs. C'est dingue la force qu'il a !

— On va commencer par un exercice simple, m'explique-t-il sitôt que je me tiens au centre du ring à côté de lui.

Samuel récupère deux cordes à sauter posées sur le sol et m'en tend une :

— Montrez-moi ce dont vous êtes capable, Nikki.

Je saisis les poignées de la corde noire, un peu abasourdie par ce qu'il me propose :

— Vous êtes sérieux ? On va sauter à la corde comme des élèves d'école primaire ?

Samuel m'adresse un large sourire, le premier que je lui vois, et je reconnais qu'il est canon quand il est aussi détendu.

— C'est exactement ce que nous allons faire, oui.

Puis il se met en position, et il commence à sauter. La corde tourne si vite que je l'aperçois à peine. Je me place à une distance convenable et me mets à sauter moi aussi. Peu à peu, sans que je ne sache comment, nos rythmes s'accordent, même si Samuel saute plus vite que moi.

À mesure que mes pulsations cardiaques s'emballent et que mes muscles se mettent à chauffer, mes pensées s'éclaircissent. J'ai l'impression que l'on ôte un poids de mes épaules, comme si je devenais de plus en plus légère. Sans doute l'effet bénéfique des endorphines… Je suis certaine que la rééducation que j'ai faite après avoir pris la balle dans la jambe, alliée à mes entrainements sportifs quotidiens, m'aident à garder le rythme.

Au bout d'une dizaine de minutes, je finis par m'arrêter. Samuel continue un peu. Les muscles de ses bras sont mis en valeur à chacun de ses mouvements, et je détourne les yeux quand je me rends compte que je suis en train de le fixer.

Je récupère ma serviette et ma bouteille d'eau que je décapsule. Le son de la corde qui martèle le sol à chaque tour s'éteint au moment où Samuel arrête de sauter. Il s'approche de moi et s'empare de sa propre bouteille. Sa pomme d'Adam monte et descend quand il déglutit. Et, à nouveau, je détourne les yeux. Je passe ma serviette sur mon visage pour essuyer toutes traces de transpiration.

— Vous m'impressionnez, Nikki.

Je le dévisage par en dessous, m'attendant à ce qu'il ajoute quelque chose pour temporiser sa déclaration, mais il se contente de m'adresser un petit sourire et je réplique :

— Il vous en faut peu…

Cette fois, il éclate de rire, et je l'observe, étonnée d'avoir provoqué cette réaction. Samuel Blake est vraiment un bel homme, un peu buté sur les bords, mais carrément sexy dans son genre.

Il retrouve son sérieux et plante son regard dans le mien :

— Au contraire, il m'en faut beaucoup, Nikki.

Une envolée de flammes semble parcourir mes jambes et mes reins sans que je ne comprenne vraiment pourquoi. Est-ce l'effet des iris verts de Samuel ? Ou bien la manière qu'il a de me regarder et de me sourire ? Ou encore le sous-entendu qu'il vient de faire ? Difficile à dire.

Il te plait.

Trois petits mots qui ont l'effet d'une détonation en moi. Je me referme et me détourne de mon garde du corps.

— Qu'est-ce qu'on fait maintenant ? demandé-je par-dessus mon épaule.

— Je vais vous apprendre à vous battre.

Il a répondu d'un ton léger, comme s'il s'agissait d'une évidence pour lui.

— Je ne cautionne pas la violence, Samuel.

Je secoue la tête pour appuyer mes propos tandis qu'il me contourne pour se placer en face de moi. Il a un air très sérieux quand il m'explique :

— Je ne serai pas toujours là pour vous protéger, et j'estime qu'il est primordial que vous sachiez vous défendre.

— Qu'est-ce qui vous fait croire que je ne le sais pas déjà ?

Ses lèvres se tordent en ce petit sourire sexy qui n'appartient qu'à lui. Je crois que mes jambes ne souhaitent plus assurer leur fonction et vont me lâcher d'une seconde à l'autre. Oui, Samuel a cet effet sur moi. Je suis atterrée de le constater, mais je ne peux pas me voiler la face : mon body-guard est terriblement sexy.

Depuis combien de temps n'ai-je pas couché avec un homme ? Les souvenirs de mon ex remontent à la surface, mais je n'ai pas envie de les revisiter. Tout ce qui compte, c'est l'instant présent comme le dirait ma prof de yoga.

— Vous êtes prête, Nikki ?

Je reporte mon attention sur l'homme qui me fait face. Je déglutis avant de hocher la tête.

11

Samuel

Décidément, Nikki James est une femme étonnante. Elle se tient face à moi sur le ring, sans broncher. Ses longs cheveux sont relevés en une queue de cheval au sommet de sa tête. Quand elle sautait à la corde, ils se balançaient en rythme, et à nouveau cette image érotique passe dans ma tête, une scène sensuelle dans laquelle je les enroule autour de mon poignet pour attirer Nikki à moi…

— C'est quand vous voulez, Samuel.

Je cille plusieurs fois pour remettre mes idées en place. Je ne dois pas fantasmer sur ma cliente, ce n'est pas professionnel !

Il me suffit de quelques instants pour me mettre en position de combat. Retrouver l'enceinte me donne l'impression d'avoir pris une profonde inspiration, comme si l'oxygène m'avait manqué jusque-là et que je me remettais à respirer correctement maintenant que je me trouve sur ce ring. Jusqu'à présent, il a représenté l'essentiel de ma vie : depuis tout petit lorsque j'ai commencé à m'entrainer, jusqu'à aujourd'hui où il constitue ma voie professionnelle.

— Je vais vous montrer la posture que je veux que vous preniez.

Instinctivement, mon poids bascule sur mes demi-pointes et je me fais plus léger, plus aérien. Je sautille sur place et Nikki m'imite en se mettant en position de défense, les bras levés devant elle.

— Remontez votre garde, lui ordonné-je.

Elle corrige sa posture. Nous sautillons l'un face à l'autre quelques instants puis je me fige.

— L'objectif est d'être toujours en mouvement, vous vous protégez tout en essayant de repérer une ouverture dans la garde de votre adversaire, et là seulement, vous laissez partir le coup.

Nikki hoche la tête et sautille autour de moi. Je tourne sur moi-même de manière à toujours être face à elle.

— Comme ça ? demande-t-elle avant de lancer son poing droit vers moi.

J'esquive le coup sans difficulté, mais je suis obligé de retenir son poignet pour lui éviter de se blesser. Nous nous figeons, tout près l'un de l'autre. Je peux distinguer toutes les nuances de ses iris bleus, j'ai presque l'impression d'y plonger… Je me racle la gorge et m'écarte d'un pas :

— À peu près, oui.

Elle hoche la tête, une moue satisfaite sur le visage.

— Ne vous réjouissez pas trop vite, Nikki. Je voulais juste savoir ce que je pourrais vous apprendre.

Maintenant que j'ai vu qu'elle était agile et endurante, je vais pouvoir lui enseigner pas mal de choses. Cette simple idée me réjouit profondément. Préparer les boxeurs et les entrainer est une véritable vocation pour moi. C'est ce qui me rend heureux.

Nikki replace ses bras contre ses hanches et roule des épaules pour les détendre :

— Alors ? Je me débrouille comment ?

— Il est encore un peu tôt pour me prononcer.

Elle me dévisage avec sérieux.

— Je vous avais dit que je n'aimais pas la violence.

— Et je vous le répète : je ne vous apprendrai pas à être violente, mais à vous défendre si jamais quelqu'un s'en prenait à vous.

— J'ai des gardes du corps pour ça…

— Apprendre quelques prises de self-défense ne peut pas vous faire de mal.

Nikki hoche la tête, et je respire mieux. Je ne m'étais pas rendu compte que cela avait de l'importance pour moi, or je comprends que c'est le cas. Cela va au-delà de mon job, je veux que Nikki aille bien et que personne ne puisse plus jamais lui faire de mal.

Pendant l'heure qui suit, je lui enseigne des mouvements d'autodéfense, et elle apprend assez vite, au point de nous envoyer rouler au sol lorsque je tente de placer mon bras autour de son cou en une clé.

Nous tombons tous les deux sur le plancher, Nikki sur le dessus. Le choc me prend au dépourvu, et elle en profite pour s'assoir sur moi. Je relève les yeux vers elle : son visage affiche une expression victorieuse. Ses cheveux se sont un peu détachés et une mèche flotte sur son front, sa poitrine monte et descend à un rythme rapide qui menace de m'hypnotiser, mais je me reprends très vite.

— Alors, qui est la meilleure ? me demande-t-elle avec un immense sourire satisfait.

J'ai terriblement conscience de son bassin qui pèse sur le mien malgré son poids plume et je la fais basculer avant qu'une réaction inappropriée ne lui apprenne qu'elle me fait de l'effet. Mais la partie de mon cerveau qui gère la stratégie ne doit plus être irriguée, car je me retrouve sur Nikki, et ce n'est pas le fait de sentir sa poitrine contre mon torse qui apaisera mon tourment.

Son regard emprisonne le mien, son sourire s'efface un peu et je sens une tension familière s'élever entre nous. Soudain, je n'arrive plus à penser à autre chose qu'à ses lèvres entrouvertes et au fait que j'ai terriblement envie de les gouter.

Sans que je ne sache comment, la distance entre nos bouches est en train de diminuer…

— Nikki ? Samuel ?

La voix masculine me ramène au présent et m'empêche de commettre un acte insensé. Je me redresse rapidement et tends la main à ma cliente pour l'aider à se relever.

Un jeune homme se tient en bas de l'enceinte, son bras est appuyé aux cordes et je reconnais Nico, un des participants de l'atelier de la veille.

— Bonjour, Nico, répond Nikki.

Il la regarde comme si elle était la huitième merveille du monde, et je peux lire le désir sur son visage de jeune adulte. Qui pourrait l'en blâmer ? Nikki est sublime, et cette séance d'entrainement l'a rendue encore plus désirable… Je suis bien placé pour le savoir.

Nikki échange quelques mots polis avec Nico tandis que je ramasse nos affaires. Il est temps de mettre un terme à notre séance de sport.

C'est ça, grince la voix de ma conscience, *dis plutôt que tu as envie de l'avoir rien que pour toi.*

❄❄❄❄❄❄

Le trajet en voiture jusqu'à la rivière gelée s'effectue dans un silence total. Je me demande si Nikki pense à ce que nous avons failli faire ce matin lors de l'entrainement… De mon côté, impossible de me sortir ces idées de la tête. Je préfèrerais ne pas avoir ressenti ce désir brulant pour elle, mais je n'ai rien contrôlé.

— Dites-moi ce qu'on va faire là-bas déjà ? demande Nikki.

Je refoule un petit sourire et réponds patiemment :

— Elloïs vous a invitée à une autre célébration.

— Les *Christmas Days*, marmonne ma passagère, ça m'épuise d'avance.

— Vous pouviez refuser, constaté-je.

— Euh… On n'a pas vécu la même scène, je crois !

Du coin de l'œil, je vois qu'elle a pivoté sur son siège pour mieux m'observer :

— Si monsieur n'avait pas pris d'initiative, on ne serait pas obligés d'aller patiner !

— Vous n'aimez pas ça ?

Ma tentative de diversion ne prend pas.

— Ne jouez pas à l'innocent, Samuel. Je sais très bien que vous l'avez fait exprès pour éviter que nous restions seuls.

Je ne l'avais pas vu venir, mais je ne peux rien répondre, car elle a totalement raison : je ne peux pas rester seul avec elle dans ce petit chalet sans avoir des idées d'une nature sensuelle, alors quand Elloïs est venue nous proposer de patiner sur la rivière gelée, j'ai sauté sur l'occasion.

Plutôt qu'admettre qu'elle a visé juste, je préfère botter en touche :

— Je me suis dit que ça nous ferait du bien de sortir.

— Je n'aime pas que l'on décide à ma place, marmonne ma jolie passagère.

Elle se réinstalle dans son fauteuil, et je dois faire un effort pour ne pas l'observer. Il vaut mieux que je reste concentré sur la route qui défile devant nous, surtout que du verglas s'est formé par endroits et qu'un accident est vite arrivé.

Le GPS de la voiture indique que nous sommes presque arrivés, plus que deux minutes. Je m'entends proposer à Nikki :

— Je peux faire demi-tour, si vous préférez.

— Vous feriez vraiment ça ?

Je lui jette un coup d'œil avant de hocher la tête. Nikki semble considérer cette idée, mais elle finit par répondre :

— Puisque nous avons parcouru tout le chemin jusqu'ici, autant aller voir ce dont il s'agit cette fois.

Les habitants de Carroll Falls ne manquent pas d'idées quand il s'agit de célébrer l'esprit de Noël, et je me doute que cette animation aussi sera haute en couleur, mais je ne réplique rien. Pour une raison que je ne m'explique pas, j'ai le sentiment que toutes ces activités font du bien à Nikki, même si elle ne s'en rend pas compte.

Lorsque je gare la voiture sur le parking, il y a déjà du monde. Nous nous dirigeons dans le sens de la foule jusqu'à atteindre un stand de location de patins. Et bien sûr, il y a un tas de stands de nourriture et de boissons chaudes. La bonne humeur ambiante est perceptible.

— Carroll Falls est la ville du bonheur, marmonné-je.

Ma remarque n'échappe pas à Nikki :

— En décembre, tout du moins.

— Vous marquez un point, concédé-je.

Elle me lance un sourire amusé :

— Un seulement ? Non parce que si je compte que je vous ai mis KO sur le ring ce matin, selon moi, ça fait au moins deux…

— Vous ne m'avez pas mis KO !

— Ah non ? Alors pourquoi vous n'arriviez plus à rien à la fin de l'entrainement ? Et d'abord, comment se fait-il que vous sachiez boxer ?

Le changement de sujet est plutôt bienvenu étant donné que je n'ai pas tellement envie de m'étendre sur le premier…

Après avoir enfilé nos paires de patins, nous nous élançons sur la glace et je réponds à sa question :

— J'ai commencé la boxe très tôt, vers l'âge de cinq ans.

— Je ne savais pas que les enfants pouvaient pratiquer si jeunes…

L'air frais fouette mon visage et je suis content d'avoir enfilé un bonnet.

— Au départ, c'était plus une initiation. En fait, j'étais un enfant assez nerveux, pas vraiment coopératif, selon mon père. Et il a pensé que ça me permettrait de me canaliser.

— Et ça a marché.

Je hausse les épaules :

— Oui. Cela a même dépassé ses espérances, car j'y ai vite pris gout.

Nous évoluons sur la rivière gelée, dépassant des patineurs plus ou moins confirmés. Je ne sais pas ce qui me pousse à m'ouvrir à Nikki, mais je me sens à l'aise alors je réponds à ses questions.

— Vous pratiquez toujours ?

Le cours d'eau glacé serpente au milieu de la forêt. C'est à la fois agréable et étonnant de patiner ici comme on y ferait une randonnée en raquettes.

La question de ma cliente me prend au dépourvu, car elle démontre qu'elle ne sait rien de moi.

Tout comme tu ne sais rien d'elle non plus.

Notre relation est d'ordre professionnel, rien de plus. Il est donc logique que nous ne nous connaissions pas. Je lui réponds :

— Oui. En fait, je possède une salle et je donne des cours.

Nikki laisse échapper un petit sifflement.

— Et vous trouvez le temps d'accepter un job supplémentaire en plus ? Je suis carrément impressionnée.

Je garde le fond de ma pensée pour moi, car j'ai trop honte de lui avouer que si j'ai pris cet emploi, c'est pour rembourser des dettes.

Nous progressons en silence, seul le bruit des lames de nos patins qui entament la glace s'élève. Il n'y a pas d'autres patineurs en vue. La rivière forme un coude qui nous isole du reste des habitants de la ville.

— Je n'ai plus fait ça depuis le tournage de mon premier clip, m'informe Nikki tout en prenant de l'allure.

Je la suis sans difficulté et m'amuse même à la contourner avant de pivoter pour patiner en arrière.

— Je vois que j'ai carrément affaire à un pro ! s'exclame-t-elle.

Le sourire qu'elle m'adresse provoque une drôle de sensation en moi…

— Vous êtes un homme plein de surprises, Samuel Blake.

Je hausse les épaules avec modestie, mais son compliment me touche. Je n'en avais pas conscience, mais cela fait du bien que mes qualités soient reconnues, encore plus de la part de Nikki.

Pourquoi tu attaches de l'importance à ce qu'elle pense de toi ?

Je pivote pour reprendre le sens de la marche, l'esprit un peu perdu et incapable de répondre à la question soulevée par ma conscience.

12

Nikki

Il y a quelque chose de différent chez Samuel. À moins que ce ne soit un effet de mon imagination ? Non, je ne crois pas. Il a l'air plus détendu, comme s'il avait changé d'attitude. Oui ! C'est ça ! Il est plus accessible, humain, avenant… craquant aussi.

Mince ! Qu'est-ce qui me prend ?

Je reporte mon attention sur le paysage. Les sapins qui bordent le lit gelé de la petite rivière sont majestueux, leurs cimes culminent haut dans le ciel bleu. Si les températures sont très basses, il n'en reste pas moins que le soleil est de la partie. Il scintille même si ses rayons ne parviennent pas à faire fondre la neige qui a réussi à se frayer un chemin entre les aiguilles des imposants conifères pour se déposer à leurs pieds.

Patiner me procure un sentiment étrange… J'ai la sensation de faire un saut dans le temps et de redevenir une gamine, avant la mort de mon père. Mon cœur se serre et je ne peux pas m'empêcher de lever les yeux vers le ciel, comme s'il y était et qu'il pouvait me voir à cet instant.

Je chasse mes pensées moroses pour me concentrer sur Samuel :

— Vous n'êtes pas très bavard.

— C'est ce que ma sœur me dit souvent.

Nous patinons presque de concert. Avec ses longues jambes, mon garde du corps pourrait me devancer sans aucun effort, mais il prend soin de garder le même rythme que moi.

— Parlez-moi d'elle.

Je jette un coup d'œil au profil de Samuel. Il a l'air de peser le pour et le contre. Est-ce que je me suis montrée trop intrusive ? Peut-être que je ne devrais pas lui poser trop de questions personnelles… Je me reprends :

— Vous n'êtes pas obligé de me répondre.

— Non, ça va. Valentine est une ado sympa, elle va au lycée, et elle est plutôt sérieuse, si on oublie le fait qu'elle sort avec des garçons.

Je ne peux pas m'empêcher de rire tout bas.

— Qu'est-ce qui vous amuse ? me demande-t-il.

L'air frais balaie mon visage, mais l'exercice physique me donne chaud. Je tourne la tête vers Samuel et nos regards se croisent.

— Vous. C'est vous qui m'amusez, Samuel.

Ses yeux s'arrondissent sous l'effet de l'étonnement.

— Vous réagissez comme un grand frère ultra-protecteur.

— Je prends soin des gens que j'aime, tout simplement.

— C'est tout à votre honneur. Et… Elle en pense quoi Valentine ?

— Je ne lui laisse pas le choix.

Je ris de plus belle en l'imaginant en garde du corps de sa petite sœur, laquelle doit avoir une vie sentimentale (voire sexuelle) à son âge.

— Je lui manque beaucoup, si vous voulez tout savoir, alors je pense que je ne suis pas si horrible que ça dans mon rôle de grand frère.

Il y a une sorte de tristesse dans sa voix qui me calme. Ce n'est qu'à cet instant que je mesure les conséquences de sa mission sur sa vie personnelle : il ne passera pas les fêtes de fin d'année avec sa famille.

— Je suis désolée, Samuel.

Nous progressons toujours sur la rivière glacée et je me demande combien de kilomètres nous devrons parcourir avant de faire demi-tour.

— Pourquoi ? demande-t-il.

Je lui jette un coup d'œil et m'aperçois que son attention est rivée à moi.

— À cause de moi, vous ne serez pas chez vous pour Noël.

Un silence s'étire entre nous, et je m'étonne que nous ne rencontrions pas plus d'habitants de Carroll Falls, on dirait que nous sommes les seuls à patiner par ici alors qu'à notre arrivée nous avons vu d'autres personnes.

— Vous n'avez pas à vous excuser, Nikki, reprend le garde du corps, j'ai accepté cette mission en connaissance de cause.

Il n'en dit pas plus, et je ne me permets pas de l'interroger. C'est Samuel qui reprend au bout d'un moment :

— J'aimerais en faire plus pour Valentine, et pour ma mère, mais ce n'est pas toujours facile…

Je me contente de l'écouter, mais il s'arrête là. J'aimerais en savoir plus sur lui. Cet homme est surprenant, touchant aussi quand il enlève son épaisse carapace. Il y a une profondeur chez lui qui me donne des envies d'explorations… Que cache-t-il derrière son masque d'indifférence ? Je l'ai vu ce matin à la salle, il est passionné par la boxe. En fait, j'ai eu l'impression de découvrir un nouveau Samuel là-bas, une version plus détendue de mon bodyguard, et je dois admettre que son sex-appeal a grimpé d'au moins quatre-vingt-dix pour cent…

Soudain, des bruits s'élèvent derrière nous et attirent notre attention : des patineurs arrivent à toute vitesse. Je crois reconnaitre Brice et Nico, les deux jeunes gens se sont lancés dans une course sur la glace.

— Attention ! crie l'un des deux.

Samuel réagit plus vite que moi, d'un mouvement vif, il saisit mon bras et me repousse sur le côté de la rivière juste au moment où les deux jeunes hommes passent près de nous. Je peux sentir le courant d'air provoqué par leur course.

— Désolé ! lance Nico avant de donner un coup de pied énergique dans la glace pour se propulser encore plus vite.

Emportée par mon élan, je fonce tout droit sur le bas-côté. Entrainant avec moi Samuel qui ne m'a pas lâchée. Nos patins s'emmêlent et sans que je comprenne comment, nous chutons sur le talus recouvert de neige.

Je me retrouve au-dessus de Samuel qui est allongé au sol. Le choc m'a fait perdre le fil de mes pensées, et ce n'est pas la proximité de mon garde du corps qui m'aide à retrouver mes esprits. En fait, mon cerveau semble avoir quitté son poste et je reste figée.

Les doigts de Samuel glissent le long de mon visage, saisissent une mèche de mes cheveux qui s'est échappée de mon bonnet pour la repousser sur le côté. Je frissonne et cela n'a aucun rapport avec la température qu'il fait.

— Nikki, souffle-t-il.

— Sam.

Je ne sais pas si c'est le fait d'avoir utilisé son diminutif, ou bien d'être allongée sur son corps, mais je me sens encore plus proche de lui tout à coup. Nos souffles se mêlent pour n'en former qu'un seul, et je me perds dans ses iris verts. Une pensée incongrue me vient : sa barbe naissante est-elle râpeuse ou douce ? Nos visages s'approchent l'un de l'autre et j'ai l'impression de voir la scène au ralenti, attendant avec une certaine impatience que nos bouches se trouvent.

Mais il faut croire que le sort n'en a pas fini avec nous, car une voix féminine s'élève soudain derrière moi :

— Est-ce que tout va bien ? Vous n'avez rien ?

Je m'écarte vivement de Samuel et me redresse pour faire face à Anita et Lila. De toute évidence, les deux jeunes filles accompagnent leurs amis.

— Les garçons sont incorrigibles, ajoute Anita, il faut toujours qu'ils jouent au plus fort… Désolée.

— Ce n'est rien, la rassuré-je en époussetant mon manteau.

Je n'ai pas de neige sur moi pour la bonne et simple raison que Samuel a amorti ma chute sur le talus.

— Il faut qu'ils soient plus prudents, renchérit Lila.

La jeune fille lance un coup d'œil à mon garde du corps qui vient se placer à côté de moi sur la glace. Elle rougit et baisse la tête. Okay, je ne suis pas la seule à être sensible au charme du bodyguard.

— Je me chargerai de les rappeler à l'ordre, intervient ce dernier.

— Super ! Vous ils vous écouteront, approuve Anita.

La jeune vendeuse hoche la tête avec conviction. Je suis certaine qu'elle a tout juste l'âge requis pour occuper son emploi à la boutique du centre-ville.

Lila s'adresse à elle :

— On devrait y aller…

Anita hoche la tête avant de nous lancer :

— Encore désolée, à plus tard !

Les deux filles se remettent en route et je reste là à les observer jusqu'à ce qu'elles disparaissent au prochain coude que forme la rivière.

— Vous comprenez pourquoi je m'inquiète pour Valentine ? me demande Samuel.

Je me contente de hocher la tête, sans grande conviction, l'esprit et le corps chamboulé par ce baiser que nous avons failli échanger.

— Nous ferions mieux de rentrer, proposé-je.

Samuel ne répond rien, mais il m'emboite le pas quand je me mets à patiner en sens inverse.

✳✳✳✳✳✳

Enfermée dans la salle de bains, je prends tout mon temps pour me préparer pour la soirée. Cette journée a été riche en émotions… À bien y réfléchir, Samuel et moi avons failli nous embrasser deux fois ! L'attirance que j'éprouve pour mon garde du corps est évidente, mais je sais que je ne dois pas me laisser aller. Les aventures sans lendemain ne sont pas mon genre, je préfère nouer de vrais liens, même si c'est plutôt compliqué quand on fait mon métier. Et avoir une relation avec mon employé ne pourra pas bien se terminer. L'idée que Samuel puisse me poursuivre en justice pour harcèlement sexuel me semble ridicule, mais je ne le connais que depuis quelques jours, peut-être qu'il cache bien son jeu ?

Mon téléphone se met à sonner, interrompant le fil de mes pensées, et je décroche quand je lis le nom de mon agent sur l'écran :

— Salut, Murray.

— Nikki. Comment se passe ton séjour au vert ?

Fidèle à lui-même, mon agent va droit au but…

— Bien.

— Bien ? Et ? Tu as envie de chanter ?

Je pousse un soupir.

— C'était ton plan en m'envoyant ici ? Que je regagne le studio d'enregistrement ?

— C'est pour ça que tu me paies, Nikki.

Mon reflet me fixe dans le miroir, mes joues ont pris des couleurs et j'ai l'air plus reposée que je ne l'ai été ces dernières années. Il semblerait que ma présence à Carroll Falls me soit bénéfique, mais je ne peux quand même pas dire que je suis prête à remonter sur scène.

— Le maire met à ta disposition la salle de musique communale, n'hésite pas à y faire un tour. Je me suis assuré que le piano qui s'y trouve soit de bonne qualité et accordé, insiste Murray.

Mon attention se reporte sur mes mains et mes doigts qui n'ont plus touché à un instrument de musique depuis neuf mois. Je reconnais que je ressens le besoin de jouer de plus en plus souvent ces derniers temps, et je fredonne même sous la douche.

— Je ne suis pas prête, Murray.

— Il vaudrait mieux que tu le sois rapidement, ma petite. Le public ne t'attendra pas éternellement. Les petits prodiges ne manquent pas, et tu ne pourras pas te plaindre si tu perds ta place au soleil.

— Toujours aussi direct, grincé-je.

— Je ne suis pas là pour te dorloter et te dire ce que tu veux entendre, riposte-t-il. Il faut que tu reviennes sur le devant de la scène très vite, à moins que tu ne préfères prendre une retraite anticipée ?

Je pousse un soupir :

— J'ai besoin de me remettre de ce qu'il s'est passé.

— Eh bien, fais-le plus vite.

Mon agent enchaine en me faisant un point détaillé sur les ventes, apparemment, mes albums caracolent encore en tête des ventes, mais plus pour longtemps selon Murray. Il me ressert le même discours que d'habitude : l'effet « bénéfique » de mon agression ne durera pas éternellement… Je perds le fil de son compte-rendu, plongée dans mes pensées d'une tout autre nature.

Je songe à Samuel et à notre rapprochement. Si j'ai bien compris une chose dans le milieu du showbiz, c'est qu'il ne faut pas mélanger travail et plaisir. La question est de savoir ce qui est le plus important à mes yeux : le désir que je ressens pour mon garde du corps ou ma carrière. Je n'ai jamais été confrontée à ce genre de dilemme.

J'interromps la diatribe de mon agent :

— Murray ? Admettons que je veuille renvoyer Samuel, comment devrais-je m'y prendre ?

13

Samuel

Qu'est-ce qui ne va pas chez moi ? De toutes les femmes que j'ai rencontrées, il faut que je sois attiré par ma patronne ! Je dois retrouver mes esprits, et le plus vite sera le mieux. Si je veux garder mon job, je ne dois pas me laisser guider par mes hormones.

Lorsque Nikki quitte enfin la salle de bains dans laquelle elle vient de passer une bonne heure, j'ai presque du mal à la reconnaitre : elle a enfilé une combinaison noire qui épouse ses courbes, mais c'est surtout son maquillage qui est saisissant. Ses yeux bordés de longs cils noirs sont fascinants. Ses cheveux sont rassemblés en un gros chignon serré qui met en valeur sa nuque fine. Le décolleté plongeant attire indéniablement mon attention, mais je me rappelle à l'ordre mentalement : je ne dois pas la désirer. Encore moins faire quelque chose d'insensé comme l'embrasser ou la toucher.

C'est plus facile à dire qu'à faire dans ce petit chalet qui ne laisse pas beaucoup de place à ma large carrure. Je me tiens donc près de la porte et m'occupe de préparer mes affaires, du moins c'est mon intention, même si je ne peux pas m'empêcher de jeter des coups d'œil à Nikki à intervalles réguliers. Si ça ne tenait qu'à moi, je passerais mon temps à la dévorer du regard…

— Nous devrions y aller si nous ne voulons pas manquer l'illumination du sapin, commenté-je à voix haute.

Nikki ne répond rien, mais je l'entends qui s'approche. Je me hâte de récupérer mon manteau et les décorations à déposer sur le sapin avant d'ouvrir en grand la porte d'entrée. J'ai conscience de prendre la fuite, mais j'estime qu'un homme raisonnable sait quand sonner la retraite. Et là, c'est nécessaire sous peine de me jeter sur ma cliente pour vérifier si ses lèvres sont aussi douces et tendres qu'elles en ont l'air.

Je remonte la fermeture Éclair de mon manteau tout en traversant le porche. Nikki me suit en silence jusqu'à la voiture où elle s'installe. Je prends le volant en direction du centre de la ville.

Ma passagère se perd dans la contemplation du paysage derrière la vitre tandis que je me réfugie dans un silence prudent. Mieux vaut ne plus baisser ma garde.

— Allons-nous continuer l'entrainement ? me demande-t-elle tout à coup.

— Cela ne dépend que de vous.

Et je prie en silence pour qu'elle refuse que nous continuions, car je suis conscient que l'entrainer au corps à corps est la meilleure manière de nous conduire à la catastrophe.

— J'aimerais continuer, déclare-t-elle à ma grande surprise, mais pas demain. La séance de ce matin ajoutée à la balade en patins m'ont épuisée…

Tout de suite, mon cerveau s'imagine d'autres façons *d'épuiser* Nikki, et je serre plus fort le volant. Il faut que je me calme tout de suite. Franchement, ce comportement ne me ressemble pas.

En même temps, tu n'as jamais vécu ce genre de situation…

Certes, mais j'ai côtoyé des tas de belles femmes, et j'ai toujours su me contenir. Sauf que Nikki n'est pas comme les autres. Il y a une profondeur et une vulnérabilité en elle qui m'attirent.

Tu n'es qu'un pauvre fou.

Je ne peux que me ranger à l'avis de ma conscience, car que ferait une femme telle que Nikki avec un homme comme moi ? Elle est une star connue mondialement, et moi je ne suis qu'un mec lambda, criblé de dettes contractées auprès d'un mafieux. Nous n'appartenons pas au même monde.

Peut-être qu'elle serait encline à avoir une liaison avec moi, mais ça ne pourrait jamais être plus que ça. Je ne peux pas changer qui je suis, ni ce que j'ai fait. Tout est là, les cartes ont été distribuées et j'ai une main minable. Je ne peux que m'incliner.

Quelque chose se tord en moi à cette pensée. Je n'ai pas pour habitude de renoncer, jamais. Sauf que la situation est inédite sur bien des plans, et que pour une fois, il n'y a rien que je puisse faire.

Je me rends compte que je n'ai pas répondu à Nikki.

— Quand vous voudrez. Je suis à votre disposition.

À l'instant où les mots franchissent mes lèvres, je me rends compte que c'est la stricte vérité : je suis là pour elle, de la manière qu'elle voudra.

Quitte à y laisser des plumes ?

Je me ressaisis, si j'ai accepté cette mission, c'est pour être libre. Je ne peux pas me défaire du joug de Helfer pour me mettre dans une situation encore pire. Si le mafieux me tient par l'argent, l'emprise de Nikki pourrait s'avérer bien plus puissante encore, il faut donc que je sois vigilant. Je dois rester à ma place d'employé, il ne peut pas en être autrement.

Une fois arrivés en ville, nous déambulons dans les rues tout en suivant la foule qui se dirige vers la grande place centrale. Je suis étonné de constater que Carroll Falls a un plan similaire aux villes européennes, ici il n'y a pas de grandes avenues rectilignes, mais une place centrale à partir de laquelle serpentent des rues. Les façades des bâtiments semblent tout droit sorties d'un décor de Disneyland.

Je regarde autour de moi, surpris par la multitude de décorations de Noël qui sont déjà installées un peu partout. Il y a plus de monde que je l'aurais pensé, et Nikki pourrait très bien être noyée dans la masse.

Un regard dans sa direction me renseigne sur son état : son teint est devenu blême et j'en déduis que la foule l'oppresse. Instinctivement, je saisis sa main et serre ses doigts. Son attention se reporte sur moi et je la sens se détendre un peu.

Nous atteignons enfin la place centrale sur laquelle se dresse un immense conifère. Ses branches majestueuses s'étendent fièrement autour du tronc n'attendant plus que de recevoir les décorations créées par les habitants de la ville.

Il y a un peu d'agitation à l'avant au moment où Sid et Debra s'approchent du sapin.

— Bonsoir chers amis et habitants de Carroll Falls !

La voix de Debra nous parvient, portée par le micro qu'elle semble utiliser à la moindre occasion.

— Nous sommes très heureux de vous retrouver pour la traditionnelle cérémonie d'illumination de la ville, enchaine Sid qui tient lui aussi un micro.

— Cette année, nous avons encore plus de décorations, car vous avez été nombreux à participer aux ateliers créatifs et nous en sommes ravis.

Nos hôtes prennent la parole à tour de rôle pour accueillir les habitants de la ville.

— Les Noëls se succèdent, mais nous ne manquons jamais d'imagination pour animer les *Christmas Days*, précise Sid. Je suis heureux de vous annoncer que suite à vos suggestions de l'année dernière, nous allons mettre en place deux nouvelles attractions qui devraient vous plaire.

Il marque une pause pendant laquelle les exclamations ravies se font entendre dans la foule.

— J'espère qu'ils ont validé l'*escape game* ! s'enthousiasme une personne à ma droite.

Je tourne la tête et découvre que le quatuor de jeunes gens est à côté de nous. C'est Anita qui vient de parler et elle m'adresse un large sourire. Son amie, Lila, me jette un coup d'œil avant de rougir violemment.

— Ou peut-être qu'on chantera d'autres morceaux à la chorale, observe Brice.

Ils nous incluent à leur discussion sans que nous n'ayons rien demandé.

— Qu'en penses-tu Nikki ? l'interroge Nico.

Je sens ma compagne se raidir un peu. Sa main n'a pas quitté la mienne. Je devrais la lâcher, mais je n'arrive pas à rompre ce contact. Nikki n'a pas le temps de répondre, car Anita s'interpose :

— Que veux-tu qu'elle te réponde ? Elle ne connait même pas la chorale de la ville.

— Et alors ? Elle peut quand même avoir un avis, tu ne crois pas ? contre-argumente le jeune homme qui n'a pas envie de se laisser faire.

— Le mieux serait que Nikki assiste à une de nos répétitions, intervient Brice.

Un coup d'œil à ma cliente m'apprend qu'elle n'a pas du tout envie de s'impliquer dans cette activité, mais c'est sans compter sur Nico.

— Oui ! Ça serait vraiment bien !

— J'imagine qu'un avis extérieur pourrait nous faire progresser, marmonne Anita.

Je suis d'abord étonné que ce soient les garçons qui insistent pour que Nikki assiste aux répétitions avant de comprendre que ce n'est pas tant l'avis de la jeune femme qui leur importe : ils ont l'air de la trouver à leur gout.

La simple idée qu'ils puissent la draguer provoque une sensation désagréable dans mon ventre. Je suis tenté de resserrer ma prise sur la main de Nikki, mais je me rends compte de la puérilité de ma réaction, donc je fais l'inverse : je dénoue nos doigts.

Lila semble enfin retrouver la parole :

— S'il vous plait, Nikki, venez nous voir chanter demain.

Son regard papillonne vers moi l'espace d'une seconde avant de se reporter sur ma cliente.

— Je… Je ne suis pas certaine de vous apporter quoi que ce soit…

La voix de Nikki manque d'assurance. Pris d'une inspiration soudaine, je lui glisse à l'oreille :

— Vous devriez accepter, je suis certain que vos retours les aideront à progresser.

Lorsque nos regards se croisent, je peux lire l'hésitation dans ses yeux. Cela ne dure qu'un instant, car elle se ressaisit et s'adresse aux jeunes gens :

— Je vais y réfléchir, merci pour l'invitation.

— Nous serons à la salle de musique communale à neuf heures demain soir, précise Anita.

Le discours touche à sa fin et c'est Debra qui conclut :

— Et maintenant, nous allons lancer le compte à rebours avant d'éclairer le sapin ! Vous êtes prêts ?

Les exclamations fusent de toute part, et le couple entame le décompte ensemble :

— 5, 4, 3, 2, 1, lumières !

Des milliers d'ampoules s'éclairent en même temps sur le sapin, aussitôt suivies par un tonnerre d'applaudissements. J'aperçois les jeunes un peu plus loin, Anita et Lila sautillent sur place en tapant dans leurs mains.

Une chose est certaine, les habitants de Carroll Falls sont tous aussi emballés par les festivités. Tout le monde s'avance vers l'arbre de Noël pour y déposer ses décorations. La foule se densifie encore à mesure que nous approchons. Soudain, Nikki qui est juste devant moi se fige.

— Tout va bien ? lui demandé-je.

Elle tourne la tête et je peux voir la panique qui traverse son beau visage. Je n'ai pas besoin de réfléchir pour savoir quoi faire : je passe le bras autour de ses épaules et l'attire contre moi tout en traversant la foule en sens inverse.

Ce n'est que lorsque nous sommes tous les deux seuls dans une ruelle que je m'arrête et prends le temps de m'assurer que ma cliente va bien.

— Nikki, regardez-moi.

Mais elle garde la tête baissée, les yeux rivés sur le sol alors, du bout de l'index, je relève son visage. Une larme roule sur sa joue quand mon regard trouve le sien et mon cœur manque un battement.

Sans même réfléchir, je la prends dans mes bras. Je la serre comme si j'avais le pouvoir de l'apaiser. Son corps est parcouru de soubresauts et je comprends qu'elle sanglote. Je l'étreins plus fort, ma bouche posée contre sa tempe :

— Je suis là.

Je la berce comme je le faisais avec Valentine quand elle était petite et qu'elle avait un chagrin. Sauf que je ne ressens aucun élan fraternel pour Nikki. Je peux m'aveugler quand elle n'est pas près de moi, je peux plonger dans le déni, mais pas quand son odeur m'imprègne ni quand sa peau est sous mes lèvres. Il suffirait d'un rien pour que ma bouche trouve la sienne, et très sincèrement, toute envie de résister s'est évanouie. Je ne pense qu'à apaiser Nikki, par n'importe quel moyen, même le plus stupide qui consisterait à l'embrasser.

Déjà, ma joue glisse contre la sienne. Front contre front, je cherche son regard. Ses iris bleus sont baignés de larmes, mais elle ne dit rien. Elle ne me repousse pas non plus.

« Il faut qu'elle m'arrête » est la seule pensée cohérente qui tourne en boucle dans ma tête. Je suis sur le point de commettre la plus grosse erreur de toute ma vie, enfin, après celle d'avoir emprunté de l'argent à Helfer…

Et c'est pile ce qu'il me fallait pour m'empêcher de franchir la limite de trop. Je ne suis pas digne de Nikki. Elle me fait confiance alors qu'elle ne sait pas qui je suis vraiment, l'embrasser serait une sorte de trahison. Je refuse de lui faire ça.

Alors je m'arrache à elle. Son regard exprime sa perplexité, mais tout ce que je trouve à penser est qu'au moins elle n'a plus l'air si triste. Je récupère sa main et l'entraine en direction du parking.

elle n'a plus l'air si triste. Je récupère sa main et l'entraine en direction du parking.

14

Nikki

Ça ne peut plus durer. Samuel m'attire, et je n'ai pas envie de lutter. Allongée dans mon lit, la chambre plongée dans le noir et le silence, je tente d'apaiser mon corps par des exercices de respiration. Mais l'incendie qui s'est déclaré en moi demande à être éteint d'une tout autre manière.

Samuel n'est pas pompier.

J'ai un petit sourire en coin en l'imaginant torse nu, uniquement vêtu d'un pantalon de soldat du feu et d'une solide paire de bottes noires. Si cette vision de mon esprit m'amuse au départ, je comprends que ce n'est pas du tout de cette manière que je calmerai mes ardeurs.

Un profond soupir m'échappe et je décide d'aller prendre un verre d'eau glacé pour tempérer mes ardeurs. Bon, au point où j'en suis, une douche froide serait plus efficace, mais je ne tiens pas à tomber malade non plus.

Je me lève et quitte ma chambre. Il me suffit de quelques pas pour me retrouver dans la cuisine tant le chalet est petit.

Je termine de boire mon verre d'eau quand un bruit provenant de la porte d'entrée me fait sursauter. Je regarde avec effroi la poignée tourner et le battant pivoter sur ses gonds. Un tas d'idées me vient à l'esprit, mais le lieu est trop petit pour que je puisse espérer m'enfuir sans être vue, et la peur me paralyse. Je reste figée, le cœur battant fort contre mes côtes.

La large silhouette qui pénètre dans la pièce m'est familière : il s'agit de Samuel. Il ne me remarque pas et retire la fine veste de sport qu'il porte, son t-shirt suit le même chemin, offrant à ma vue son dos musclé. Je déglutis et repose mon verre sur le comptoir de la cuisine.

Le bruit trahit ma présence, et Samuel se retourne pour me dévisager avec surprise. La seule lumière dans la pièce provient du feu qui flambe dans la cheminée, mais c'est bien suffisant pour me donner un aperçu détaillé du torse sculptural de mon bodyguard.

Une vague chaude envahit mon corps, elle enfle dans mon ventre avant de se diffuser dans mes membres. J'ai du mal à déglutir, et le regard intense de Samuel ne m'aide pas à me calmer.

Ma voix est un peu voilée quand je lui demande :

— Que faisiez-vous dehors ?

— Du sport.

— Du sport ?

Je cille plusieurs fois et je me demande si mon cerveau ne serait pas en train de me jouer des tours.

— J'avais besoin de… me défouler, explique-t-il.

Les yeux de Samuel quittent mon visage pour dévaler le long de mon corps. Mon souffle est saccadé sous l'effet du désir qui embrase mes terminaisons nerveuses.

— Je vois, soufflé-je.

L'attention de mon garde du corps se reporte sur mon visage. J'ai du mal à déterminer si la distance qui nous sépare est trop grande ou trop faible tant mon être est partagé entre deux envies distinctes : celle de regagner ma chambre pour échapper à cet homme qui menace de faire vaciller mon équilibre, et celle de succomber à son charme incendiaire.

L'image d'un Samuel en tenue de pompier flotte dans ma tête et je ne peux pas m'empêcher de constater que j'étais loin du compte s'agissant de sa plastique… Il est encore plus sexy que dans mon fantasme.

— N'importe qui aurait pu entrer et vous n'étiez pas préparée, Nikki.

Je fronce les sourcils, et il précise :

— Si je vous ai appris les notions de base en self-défense, c'est pour que vous les utilisiez.

— Vous auriez voulu que je vous attaque ?

Ses lèvres s'étirent en un petit sourire.

— J'aurais souhaité que vous vous défendiez, me corrige-t-il.

Je détourne les yeux de son torse bien trop appétissant.

— Je l'aurais fait, marmonné-je.

— Ah oui ?

Je hoche la tête sans le regarder. Chacune de mes cellules est en état d'ébullition, et je me demande quelles sont mes chances de retourner à ma chambre en arrivant à résister à la tentation de poser les mains sur Samuel.

Le silence qui s'étire entre nous me pousse à relever les yeux vers mon bodyguard, et le désir que je lis sur son visage signe ma perte. Je ne sais pas lequel de nous deux fait le premier pas, mais nos corps entrent soudain en collision. Samuel me presse contre lui tandis que je lève la tête pour chercher ses lèvres.

Quand sa bouche s'empare de la mienne, je sens tomber toutes mes barrières. Il n'y a rien de tendre dans notre baiser, et c'est exactement ce dont j'ai besoin : de perdre le contrôle. D'un geste, Samuel me soulève et m'attire vers le canapé. Sa langue trouve la mienne et la caresse d'une manière si sensuelle que je gémis tout bas.

Sam pose son front contre le mien, de la même manière qu'il l'a fait plus tôt dans la ruelle. Il a les paupières fermées quand il souffle :

— Nikki, dis-moi d'arrêter.

Mes mains se placent de part et d'autre de son visage pour lui intimer de me regarder et mon message muet est entendu, car ses yeux s'ouvrent et ses prunelles vertes sondent les miennes.

— Je ne veux pas que tu t'arrêtes, Sam.

Lorsqu'il se remet à m'embrasser, il y a une douceur nouvelle en lui. J'ai le sentiment qu'il se délecte de nos baisers, et je reconnais que je savoure moi aussi chacune des caresses que sa langue me prodigue. Il quitte ma bouche pour descendre le long de mon décolleté. Je meurs d'envie qu'il glisse ses mains sous la chemise de mon pyjama, ou qu'il tire sur les pans en faisant sauter sauvagement tous les boutons, je me fiche de la manière dont il s'y prend du moment que ses mains sont sur ma peau.

Pourtant, ce n'est pas ce qu'il fait : Samuel se redresse. Son mouvement offre à nouveau son torse à ma vue et j'en profite pour plaquer mes paumes sur ses pectoraux. La dureté de ses muscles ne fait qu'accroitre mon excitation.

— Je ferais mieux de prendre une douche d'abord, suggère-t-il.

Il fait référence à la séance de sport qu'il vient de faire, mais je m'en fiche totalement. Mon regard plongé dans le sien, je laisse courir mes doigts le long de ses abdos jusqu'à son pantalon. Le tissu forme une barrière entre nous, mais la tension que je repère facilement témoigne de l'envie de Samuel, et c'est tout ce dont j'ai besoin. Sans aucune pudeur, je presse son sexe dur, arrachant un grognement à mon garde du corps.

— Tu n'iras nulle part, Sam.

Ma voix est assurée, et pour appuyer mes propos, je commence à déboutonner la chemise de mon pyjama. Je suis sur le point d'en écarter les pans quand les grandes mains de Samuel se posent sur les miennes pour les immobiliser.

Son visage est très sérieux lorsqu'il me demande :

— Si on fait ça, il n'y aura plus de retour en arrière, tu le sais ?

En guise de réponse, j'achève d'ouvrir ma chemise, exposant ma poitrine offerte à Samuel. La lueur sauvage qui danse dans ses yeux se communique directement à mon sexe qui se liquéfie.

— Tu es magnifique, Nikki.

Il se penche vers moi avec une lenteur désespérante, alors je crochète mes mains derrière sa nuque et me plaque contre lui. Samuel m'attire sur lui et je me retrouve à le chevaucher. Mon bassin appuie sur le sien, envoyant des ondes dans tout mon corps.

Cette fois, c'est moi qui l'embrasse, et je ne sais pas d'où me vient cette soudaine assurance, mais j'ai le sentiment de proclamer ma souveraineté sur lui. Une pensée qui ne fait qu'attiser les flammes qui ont envahi mes membres.

Les mains de Sam caressent mon dos, remontent jusqu'à ma nuque, puis dans mes cheveux qu'il rassemble avant de les empoigner fermement. Il tire un peu dessus pour me faire pencher la tête et accéder à ma gorge. Mes tétons tendent vers lui, comme pour attirer son attention, et là encore, le message est reçu cinq sur cinq, car Samuel en happe un entre ses lèvres. Mes hanches ondulent sans que je m'en rende vraiment compte, tout ce que je sais, c'est que je ne supporte plus la barrière formée par nos vêtements.

Je dois faire un effort pour me détacher de l'emprise de Sam et me relever. Sans le quitter des yeux, je retire ma chemise et mon bas de pyjama. Quand je me redresse, nue et offerte à la vue de mon garde du corps, je n'éprouve aucune gêne. Nous ne nous connaissons que depuis quelques jours, pourtant j'ai l'impression que ce que nous faisons est normal, évident, naturel. Je ne suis pas intimidée, mais quand les yeux de Sam s'attardent sur la cicatrice qui marque ma cuisse, je pose les doigts dessus.

Mais Samuel me surprend : il s'approche de moi et retire ma main de ma cuisse. Son regard est rivé au mien :

— Je ne veux pas que tu te caches, Nikki.

Le visage de Samuel exprime une bienveillance telle que je ne résiste pas et dévoile la tache rosée sur ma peau. Il se penche avant de déposer un baiser tendre sur mon épiderme abimé. Mes paupières se ferment et je me tends un peu. Ses mains caressent l'arrière de mes cuisses, remontant petit à petit vers mes fesses. Il dépose un deuxième baiser sur ma cicatrice.

— Je suis désolé que tu aies subi tout ça…

Sa voix est grave, profonde et virile. Une vague de frissons remonte le long de mes bras. Je rouvre les yeux et baisse la tête vers Samuel. Il a un petit sourire sexy qui lui va si bien, et j'en oublie la tentative de meurtre dont j'ai été victime. Tout ce qui compte, c'est lui, nous, et ce désir qui m'embrase.

Le message passe, car Samuel se désintéresse de ma cuisse pour se concentrer sur mon sexe… Quand il m'embrasse à cet endroit pour la première fois, je ne peux pas retenir un gémissement de plaisir.

Je ne sais même pas comment, mais je finis par me retrouver allongée sur le canapé, la tête de Sam entre mes jambes, et sa langue me prodiguant les meilleurs soins qu'une femme puisse imaginer…

⁂⁂⁂⁂⁂⁂⁂

La chaleur me réveille. Je suis allongée sur mon lit, un corps chaud est plaqué contre mon dos, alors qu'un bras puissant m'enserre. Mon attention se perd en direction de la fenêtre. Le paysage recouvert d'un manteau blanc y est visible. Cette vision est apaisante. Je pourrais m'y habituer. Je me délecte du calme qui m'habite. Je n'ai pas été aussi sereine depuis très longtemps.

Est-ce dû aux orgasmes généreusement prodigués par Sam ou bien parce que je me trouve loin de chez moi et de toutes les sollicitations habituelles ? Je ne sais pas, et je doute même que cela ait une quelconque importance. Tout ce qui compte, c'est que je me sente bien. Il n'y a rien de plus à comprendre.

Un mouvement dans mon dos m'informe que Samuel est réveillé, alors je me retourne. Je ne me suis pas retrouvée au lit avec un homme depuis très longtemps…

Le regard de Sam diffuse une douce chaleur dans ma poitrine.

— Bonjour, murmuré-je.

Il repousse une mèche de mes cheveux qui retombe devant mon front, ses doigts finissant leur course sur la peau de ma joue, en une caresse tendre. Il semble pensif.

— Tout va bien ? demandé-je.

Ma main est posée sur son torse. J'ai honte de m'avouer que je meurs d'envie de continuer l'exploration de ce corps que j'ai découvert cette nuit. Quelques images choisies de nos ébats me reviennent, et je sens mes joues chauffer.

— Je suis désolé, Nikki.

Je reporte mon attention sur son visage, les sourcils froncés. Je redoute les mots qu'il va prononcer, et commence à me refermer, mais il continue :

— J'ai manqué de professionnalisme. Je n'avais jamais fait ce genre de travail avant, mais je suis certain que coucher avec toi va à l'encontre de toute déontologie...

J'ai un petit sourire amer :

— Inutile de t'excuser, nous sommes deux adultes consentants.

J'évite de le regarder, toute idée sensuelle s'est envolée. La redescente est rude. Je ne m'attendais pas à ce qu'il ait des regrets...

15

Samuel

Adultes, oui. Consentants, d'accord. Mais raisonnables ? Pas du tout ! Je dois reprendre les choses en main, et arrêter de faire n'importe quoi. Qu'est-ce qui m'a pris de coucher avec ma cliente ?

Les souvenirs de Nikki, nue et offerte sous mes mains, me reviennent. Je pourrais dire que je ne suis qu'un homme qui a succombé aux charmes d'une femme magnifique, mais ce n'est pas une raison suffisante pour justifier ce que j'ai fait. Elle a confiance en moi, je suis son protecteur, et à ce titre, je ne dois surtout pas profiter d'elle.

Elle évite de me regarder, et j'en déduis que je ne suis plus le bienvenu dans son lit. Je me tourne et récupère mes vêtements avant de quitter la chambre en silence.

Quel con, mais quel con !

Je prends une douche avant de me préparer pour une petite marche matinale. Quand je passe la porte, Nikki n'est toujours pas sortie de la chambre. Je repousse l'idée d'aller la trouver pour lui parler, j'ai le sentiment que rien de ce que je pourrai dire n'effacera ce que j'ai fait…

Vous étiez deux, et elle a participé librement.

Le tour de reconnaissance aux environs du chalet est inutile : la neige fraichement tombée est intacte. Il n'y a aucune trace d'un visiteur, quel qu'il soit, pas même un animal sauvage. J'avise les bois non loin, et m'y enfonce d'un pas assuré. Nikki exerce une attraction sur moi à laquelle je n'ai plus gouté depuis très longtemps. Les femmes passent dans ma vie, mais ne s'y installent jamais. Sans doute parce que je suis très clair dès le départ.

Avec Nikki, c'est différent : tout est terminé avant d'avoir commencé. Aucune relation à long terme n'est possible entre nous, pas même d'un ordre professionnel. Comment pourrais-je être son garde du corps et être près d'elle pendant des mois, voire des années, sans la toucher ? Et c'est sans parler de ma salle de boxe. Je ne suis pas prêt à renoncer à mon rêve.

Je secoue la tête. Qu'est-ce qui me prend tout à coup ? Nous avons passé une nuit ensemble, pas de quoi remettre en question toute ma vie. Il faut que je me calme et me change les idées. Sans même en avoir conscience, je rejoins l'enclos du renne.

En réalité, il n'y en a pas qu'un seul : je compte pas moins de six bêtes regroupées plus loin dans le champ. Elles s'aperçoivent de ma présence, et l'une d'entre elles s'avance dans ma direction. Sa démarche chaloupée met en évidence son ventre qui me parait alourdi par la gestation, mais n'étant pas un expert en la matière, il est possible que je me trompe.

L'animal s'arrête de l'autre côté de la barrière et renâcle.

— Salut, toi.

Je passe la main entre les bois et caresse le pelage du renne, mais il s'écarte, sans doute déçu que je n'aie pas de nourriture à lui offrir.

— Bonjour, Samuel ! lance une voix dans mon dos.

Je pivote pour voir arriver Elloïs. La jeune femme a les bras chargés d'un ballot de paille. Je m'avance pour l'aider, mais elle décline :

— Si vous pouviez juste m'ouvrir la barrière…

J'obtempère, et elle m'invite à la suivre. Ne sachant pas vraiment pourquoi je le fais, j'avance dans l'enclos. Les bêtes s'approchent et encerclent Elloïs. La jeune femme a un mot pour chaque animal. Elle flatte l'encolure du renne qui s'était approché de moi :

— Bonjour Amor. Tout va bien ce matin ? Le petit sera bientôt là, hein ?

Elloïs caresse le ventre de l'animal avant de s'adresser à moi :

— C'est la mère de Saltatrix.

Je reporte mon attention sur le groupe occupé à manger :

— Vous faites ça depuis toujours ?

Elle secoue la tête, un sourire attendri sur ses lèvres :

— Quand j'étais petite, je venais passer mes vacances ici, j'ai appris à prendre soin des rennes et je me suis promis de venir habiter à Carroll Falls quand je serais grande. Mes grands-parents sont formidables, et la ville a son charme…

— Vous êtes quand même des « Christmas freaks »…

Cette fois, elle éclate de rire.

— On peut le voir comme ça, reprend-elle. Moi, je pense que la ville est magique, car ici tous les habitants ont gardé un lien avec leur enfant intérieur. Et je crois que de nos jours, c'est un sacré exploit.

Je hoche la tête. Elle n'a pas tort sur ce point, nous vivons dans une société tellement superficielle et matérialiste où les gens ne pensent qu'à eux-mêmes. À Carroll Falls, la communauté est soudée.

Elloïs fait le tour de tous les animaux, et quand elle s'est assurée qu'ils vont bien, elle se dirige vers la barrière. Je la suis.

— J'aurais tellement aimé que Nikki connaisse la ville quand nous étions enfants…

— J'ai du mal à vous imaginer avec Nikki, avoué-je.

La jeune femme me lance un regard en coin.

— Nous étions petites, et nous nous sommes perdues de vue pendant longtemps. Quand j'ai compris qu'elle était Trinity, j'étais sous le choc. Puis je me suis dit que c'était un signe du destin, et qu'il fallait que je reprenne contact avec elle. J'ai envoyé des lettres à son label dans l'espoir qu'elle les lise et me réponde.

Elloïs marque une pause. Accoudée à la rambarde, elle fixe les animaux.

— Vous avez réussi, constaté-je.

— Pas vraiment… C'est son agent qui m'a répondu.

Elle hausse les épaules :

— Peu importe. Ce qui compte, c'est qu'elle soit ici. Et qu'elle se rétablisse.

Le ton de sa voix sur les derniers mots m'interpelle :

— Comment saviez-vous qu'elle allait mal ?

Je ne peux pas dire que Nikki soit rétablie, de toute évidence, elle garde des séquelles psychologiques de l'agression qu'elle a subie.

— Après la tentative de meurtre, elle n'est plus jamais apparue en public alors que sa carrière était à son apogée, répond Elloïs.

Un silence passe entre nous pendant lequel mes pensées tournent autour de ma cliente et des conséquences de la nuit que nous avons passée ensemble. Et si je n'avais fait qu'aggraver son état ?

— Son agent m'a dit qu'elle ne chante plus, continue Elloïs.

Je fronce les sourcils. Comment ce « détail » a-t-il pu me laisser indifférent ? Je me suis bien rendu compte qu'elle ne s'exerçait pas, mais je n'ai pas percuté. Notre rencontre de la veille me revient en tête :

— Les jeunes de la chorale l'ont invitée à aller les voir ce soir.

— C'est parfait ! s'écrie Elloïs.

Je sursaute presque tant elle a parlé fort. Son regard pétille de joie, et je redoute le pire quand elle me dévoile ce qu'elle a en tête.

✳✳✳✳✳✳

— Où allons-nous ?

La question de Nikki reste en suspens dans l'habitacle de la voiture. Pour la dixième fois depuis que nous avons quitté le chalet, je me demande si j'ai pris la bonne décision. Il serait temps que j'arrête de faire n'importe quoi et que je reste à ma place, à savoir celle de garde du corps, mais il faut croire que c'est plus fort que moi…

— Je me suis dit que nous pourrions déposer nos décorations sur le sapin, maintenant qu'il y a moins de monde.

Nikki ne répond rien. Toute la journée a été comme ça : elle s'est montrée froide et distante avec moi. Sans doute parce que je le mérite. Je ne peux pas lui en vouloir, mon comportement n'a pas été professionnel, et elle a le droit de me le faire comprendre.

Comme la veille, je gare la voiture sur le parking principal et nous marchons jusqu'au centre. Quand nous atteignons la place centrale, je constate qu'il y a quelques habitants qui déambulent, mais nous sommes presque seuls.

Je retire de mon sac à dos la couronne fabriquée par Nikki et la lui tends. Elle a plutôt fière allure avec les nuances dorées de la guirlande qu'elle a utilisée. En comparaison, le bonhomme de neige que j'ai péniblement découpé dans une sorte de tissu ignifugé a l'air vraiment pitoyable, mais c'est moins catastrophique que la guirlande que j'ai tenté de fabriquer avant ça...

— Que sommes-nous censés faire ? m'interroge Nikki, toujours sans me regarder.

Elle évite de croiser mon regard chaque fois qu'elle le peut. A-t-elle honte de ce que nous avons fait tous les deux ? Cette idée m'attriste, car moi je n'en ai pas honte du tout. C'était une des meilleures nuits que j'ai passées avec une femme...

— Les mettre sur une branche, réponds-je sobrement.

Nikki hoche la tête avant de considérer le sapin. Une échelle a été laissée à la disposition des volontaires pour permettre de décorer l'arbre même en hauteur. Le bas étant assez chargé, Nikki monte de quelques niveaux pour placer sa couronne.

Elle redescend quand son pied ripe sur un des barreaux. J'entends son exclamation surprise et mon instinct prend le dessus pour la réceptionner quand elle tombe.

Je referme les bras sur son corps pour la stabiliser, et nos visages se trouvent tout près l'un de l'autre. Elle cille plusieurs fois avant que ses iris bleus ne plongent dans les miens. J'en perds mon souffle en même temps que toute pensée cohérente.

— Je suis désolé, soufflé-je.

Elle fronce les sourcils, mais elle ne bouge pas. Soulagé qu'elle ne refuse pas mon contact, je resserre un peu ma prise sur elle. Nos souffles se mélangent, et déjà je me surprends à observer sa bouche. La faim qui me tenaille est totalement disproportionnée, surtout si l'on considère que nous avons fait l'amour deux fois la nuit dernière.

Nikki reprend ses esprits avant moi, et elle me repousse. Sa voix vibre de colère quand elle s'adresse à moi :

— Arrête ce petit jeu, d'accord ?

Je fronce les sourcils, sans comprendre de quoi elle parle, et elle continue :

— Tu souffles le chaud et le froid, Samuel.

— Je ne fais que mon boulot…

Elle a un petit rire acide :

— Coucher avec moi fait partie du contrat que tu as signé avec Murray ? Garde du corps, doublé de gigolo, c'est ça le deal ?

Incapable de trouver une réponse à sa tirade, je reste silencieux. Des larmes envahissent ses beaux yeux avant de rouler sur ses joues. Cette vision est d'autant plus triste que le sapin de Noël scintille derrière elle.

Nikki essuie son visage d'un geste rageur, et je retrouve enfin ma présence d'esprit : je fais un pas dans sa direction, mais elle lève la main pour me signifier de m'arrêter. Elle me lance un regard accusateur :

— Je ne me suis jamais sentie aussi humiliée de toute ma vie, Samuel.

— Tu te trompes. Je t'assure qu'il n'a jamais été question de sexe dans mon contrat.

Je suis stupéfait qu'elle ait même pu le penser. Mais dans quel genre de monde vit-elle pour ne serait-ce que croire que cela puisse être possible ? J'imagine que chez les riches, il y a toutes sortes de pratiques qui ont cours et dont je ne suis pas au courant…

Nikki me dévisage intensément, comme si elle essayait de déterminer si je suis sincère. J'ajoute :

— Je t'assure que je te dis la vérité. Et c'est bien le problème… Tout serait plus facile si cela faisait partie de mon contrat.

Les yeux de Nikki s'arrondissent et je me rends compte que ce n'est pas sorti de la bonne manière :

— Ce n'est pas ce que je voulais dire…

— Ah non ?

Je secoue la tête, pousse un soupir. Cette femme n'est pas comme les autres, notre relation n'est pas comme les autres. Je n'ai jamais rien vécu de similaire qui aurait pu me donner les armes pour savoir comment me comporter en cet instant.

— Je pense que je vais rentrer seule, tranche Nikki. Bonsoir, Samuel.

Elle me contourne, et s'éloigne d'un pas affirmé. Le son de ses bottes sur les pavés me tire de l'état d'engourdissement qui m'avait gagné. Je pivote brusquement et me lance à sa poursuite.

— Nikki ! Attends !

Mais ma cliente ne m'obéit pas, elle lance un coup d'œil par-dessus son épaule avant d'accélérer l'allure. Je ne me laisse pas décourager, et je la rattrape par le bras :

— S'il te plait, ne t'en va pas.

16

Nikki

Mon cœur bat vite, et les larmes ne cessent d'affluer. Je refuse que Samuel me voie dans cet état. Je me sens profondément humiliée et blessée. De toute évidence, il regrette d'avoir couché avec moi. Mon ventre se tord sous l'effet du chagrin. Comment est-il possible que j'aie passé un des meilleurs moments de ma vie alors que pour lui cela n'a aucune importance ?

Samuel me tient par le bras, et je bouge pour me soustraire à son emprise.

— Nikki…

Je mords ma lèvre et lève les yeux vers lui. Son regard me coupe le souffle. Il a l'air si… sincère ! C'est bien ça le problème avec Samuel ! Il est manifestement très doué pour me laisser croire ce que je veux.

— Je ne voulais pas te blesser, je suis désolé.

— Tu viens de sous-entendre que tu voudrais être payé pour coucher avec moi !

— Quoi ? Pas du tout !

Je secoue la tête, incapable de continuer cette conversation. Murray va m'entendre quand j'aurai retrouvé mes esprits !

Samuel place ses deux mains sur mes épaules :

— Nikki, regarde-moi.

Je déglutis et prends une grande inspiration avant de lever la tête. Pour une fois, Samuel n'a plus cette attitude réservée et distante que je lui connais.

— Je suis désolé de ne pas avoir su rester à ma place. Je suis ton garde du corps, c'est pour ça que j'ai été embauché. Je n'aurais jamais dû laisser la situation déraper et aller aussi loin, mais…

Il se tait, fronce les sourcils.

— Mais ? insisté-je.

Samuel me dévisage un instant avant de retirer ses mains de mes épaules.

— Mais tu me plais. Et ce n'est pas professionnel du tout. Je ne devrais pas trouver ma cliente sexy ni avoir envie d'elle, encore moins coucher avec elle.

— Ni lui donner les meilleurs orgasmes de toute sa vie, ajouté-je.

Il cille plusieurs fois, surpris par ma réponse. Mon cœur bat vite, je n'ai jamais été aussi directe et impertinente avec un homme, mais je pourrais y prendre gout… avec lui.

— Tu as raison, c'est un manque évident de professionnalisme, Samuel.

Il semble ne plus savoir sur quel pied danser, et je ne peux pas retenir le petit sourire qui me vient.

— Ne te moque pas de moi, je suis très sérieux.

Je hausse les épaules :

— Franchement, nous sommes deux adultes consentants, et je ne vois pas pourquoi on devrait s'en vouloir d'avoir passé du bon temps ensemble.

Samuel a l'air perdu, et j'ajoute :

— Sans compter que celle qui risque quelque chose dans cette histoire, c'est moi.

Il est encore plus perplexe, et je précise le fond de ma pensée :

— Samuel, tu pourrais me poursuivre pour harcèlement sexuel. Tu imagines le scandale que ça serait ?

— Je ne ferai jamais ça.

— Tout comme moi je ne dirai rien à personne à propos de nous. Ce qui se passe entre nous est privé.

Sans prévenir, il réduit la distance entre nous, et me prend dans ses bras. Je me laisse aller, inspirant son parfum boisé, soulagée que ce malentendu soit résolu.

— Qu'est-ce qu'on va faire, maintenant ? soufflé-je.

Samuel s'écarte un peu pour me dévisager. Son regard s'attarde sur mes lèvres, et je sens une petite décharge dans mon ventre. J'aimerais tellement que l'on explore l'attraction qu'il y a entre nous…

— On va commencer par aller à la salle communale, m'informe-t-il.

Je reste suspendue à ses lèvres.

— Ensuite, nous rentrerons au chalet.

La déception qui me gagne doit être perceptible, car il se penche pour murmurer à mon oreille :

— Et je ferai en sorte de te procurer quelques-uns de ces orgasmes que tu affectionnes.

❄❄❄❄❄❄

Les chants nous parviennent alors que nous pénétrons dans le bâtiment qui flanque la mairie. J'ouvre mon manteau et tourne la tête vers mon garde du corps :

— Qu'est-ce qu'on vient faire ici ?

— Les jeunes t'ont invitée hier, et ce n'est pas très poli de refuser.

— Selon qui ?

Il me jette un regard en coin :

— Selon moi.

Je secoue la tête, pas convaincue.

— Quel mal cela peut-il faire de les écouter un peu et de les encourager ? insiste-t-il.

— Je n'ai rien à leur apporter…

— Euh, excuse-moi, mais si la nouvelle reine de la pop en personne ne peut rien pour ces jeunes, alors qui le peut ?

— Je n'ai pas chanté depuis des mois.

— Il parait que c'est comme le vélo : ça ne s'oublie pas.

— Tu es bien sûr de toi pour quelqu'un qui ne fait pas de musique !

Samuel s'arrête et je l'imite. Il glisse ses mains entre les pans de mon manteau et les pose sur mes hanches. Son regard emprisonne le mien, comme s'il essayait de m'hypnotiser :

— J'ai confiance en toi et en ton talent. Tu ne peux pas avoir tout perdu en quelques mois.

Je ne sais pas si c'est l'assurance de Samuel qui est communicative, ou bien si une part de moi meurt d'envie de chanter à nouveau, mais je sens mon cœur se gonfler de joie. Je n'avais pas éprouvé ça depuis longtemps.

Mon garde du corps affirme sa prise sur mes hanches :

— On y va, Nikki ?

Je mords l'intérieur de ma joue, en proie à un dilemme… Et si on me reconnaissait ? Car il me parait évident que je ne pourrai pas m'empêcher de chanter, et j'ai peur que cela me trahisse.

Les choristes entament un nouveau chant, et j'ai la sensation que les notes de musique emplissent l'air pour former une banderole me souhaitant la bienvenue, m'invitant à les suivre. Alors, je ne résiste pas. Après tout, même si on me reconnaissait, ce ne serait pas la fin du monde…

Ce serait juste un peu embêtant.

Je fais taire la voix de ma conscience et hoche la tête à l'attention de Sam. Il a un petit sourire en coin trop craquant qui me donne envie de l'embrasser. Mais je me contiens.

Nous reprenons notre chemin jusqu'à atteindre une salle assez grande. Je remarque tout de suite le piano à queue qui prend tout un angle de la pièce. Mes doigts fourmillent à mesure que l'excitation me gagne.

Les chanteurs terminent le morceau, et une jeune femme se détache du groupe pour venir nous accueillir, il s'agit d'Anita :

— Bonsoir, Nikki ! Samuel ! C'est super que vous soyez là.

Je me contente de sourire timidement. L'ensemble de la chorale est constitué de jeunes gens.

— Les gars ! Voici Nikki et Samuel. Ils vont participer à la répétition.

— Oh non, moi je ne fais que regarder, réplique mon garde du corps.

Mais dans le brouhaha ambiant, peu d'entre eux tournent la tête dans notre direction. Lila, en revanche, nous rejoint et nous salue d'un mouvement de la tête.

— Désolée, s'excuse Anita, notre professeur est malade. Elle ne peut pas assurer les répétitions, et nous sommes contraints de faire avec les moyens du bord.

Je reporte mon attention sur le groupe qui est tout sauf organisé. De toute évidence, ils ont besoin d'un chef.

— Peut-être que Nikki peut vous aider ? lance soudain une voix connue.

Je tourne la tête et découvre Elloïs. Mon amie d'enfance m'adresse un large sourire.

— Quoi ? Non ! m'écrié-je. Je suis juste passée pour les encourager…

— Si je me souviens bien, tu as de solides notions de musique, continue mon amie.

— Ah oui ? s'intéresse Anita.

Je secoue la tête et suis sur le point de lui dire que ce n'est pas tout à fait vrai, mais Elloïs me devance :

— Oh oui ! Nikki est très douée au piano.

Ma tension redescend tout de suite d'un cran. Elle n'a pas vendu la mèche, c'est déjà pas mal.

Anita et Lila me dévisagent les yeux pleins d'espoir.

— Je n'ai jamais fait ça… Jouer du piano est une chose, diriger une chorale en est une autre…

Elloïs passe un bras autour de mes épaules :

— Ne sois pas si modeste ! Je suis certaine que tu peux leur apporter beaucoup.

— S'il vous plait, Nikki, insiste Anita en joignant ses mains devant elle.

Je jette un regard à Samuel, qui a retrouvé sa posture distante et professionnelle, puis à Elloïs dont les joues ont pris une couleur rosée. Il n'y a personne pour me sortir de cette impasse.

Réfléchis, Nikki. Serait-ce si terrible d'aider une bande de grands ados à chanter quelques ballades de Noël ?

J'imagine que non. Et puis, tant que je ne chante pas mes propres morceaux, je devrais arriver à rester incognito.

— Alors, vous voulez bien ? demande Anita.

Lila me dévisage comme si j'étais sur le point de prononcer une sentence de vie ou de mort. Mon regard se pose sur le revêtement noir laqué impeccable du piano à queue, et à nouveau, mes doigts fourmillent à l'idée de jouer.

— C'est d'accord, murmuré-je.

Il n'en faut pas plus à Anita pour se retourner vers ses amis.

— Allez, les gars ! On a une nouvelle prof ! Tout le monde en place !

Cette fois, l'ensemble du groupe reporte son attention sur moi. Je reste bien droite, même si une partie de moi est prête à prendre la fuite si l'un d'entre eux me reconnaissait. Mais rien ne se passe, en dehors du fait qu'ils se mettent en ordre sur la petite estrade. Lila les y rejoint, non sans avoir lancé un coup d'œil à Samuel et pris la teinte d'une tomate trop mure.

Je sens la présence de Sam à mes côtés, et je lui glisse :

— Tu sais qu'elle a un crush pour toi, pas vrai ?

Comme il ne répond pas, je tourne la tête vers lui et son regard capture le mien. Je redoute de mal interpréter la lueur qui brille dans ses yeux, mais mon intuition est confirmée quand il me répond :

— Il n'y en a qu'une qui m'intéresse.

Je déglutis difficilement, luttant contre l'envie de m'enfuir avec lui pour retourner dans le chalet. Là où nous pourrons laisser libre cours à notre désir.

— Nikki, grogne-t-il.

Je me contente de secouer la tête, et il ajoute :

— Va te placer derrière ce piano, sinon je ne réponds plus de rien.

C'est le ventre en feu, et l'esprit en déroute que je m'installe sur la petite banquette noire capitonnée. Mes doigts se placent sur les touches, les caressant doucement, pendant que je parcours rapidement les partitions placées là. Ce sont des morceaux de Noël classiques qui ne présentent aucune technicité particulière.

— Nikki ?

Je relève les yeux vers Anita.

— Tu devrais te présenter…

Les jeunes me dévisagent comme s'ils attendaient quelque chose de moi. Okay, il va falloir que je joue au professeur… Ce n'est pas vraiment ma tasse de thé. Je pousse un petit soupir avant de me relever.

— Bonsoir à tous, je m'appelle Nikki. Je vais vous donner un coup de main pour vos répétitions en attendant le retour de votre professeur.

Quelques murmures s'élèvent, et je redoute d'être déjà reconnue, mais comme rien d'autre ne vient et que personne ne crie « c'est Trinity ! », je respire un peu mieux. La répétition commence, je leur propose un échauffement vocal, les guide pour les placements tout en les accompagnant.

À mesure que la répétition avance, je retrouve des sensations que j'avais perdues depuis longtemps, même avant le Super Bowl… Je n'arrive pas à croire que j'aie pu être si obtuse. Comment en suis-je arrivée à ne plus ressentir la musique couler dans mes veines et à ne la voir que comme une contrainte ?

Sans doute quand le label t'a poussée à écrire des morceaux commerciaux.

Oui, probablement, mais mes producteurs ne sont pas les seuls responsables dans cette histoire. Si je ne voulais plus continuer, je n'avais qu'à le dire. Or, j'ai fait comme si tout allait bien, m'aveuglant pour mieux faire avancer ma carrière. Et tout ça pour quoi ?

C'est dingue, mais à cet instant, alors que je joue des chants de Noël, je me sens vibrer. Cette énergie familière se remet à circuler en moi, et sa force est telle que j'ai l'impression de sortir de mon corps.

17

Samuel

Observer Nikki jouer et chanter relève presque de l'expérience mystique. En plus d'être sublime, elle est carrément extraordinaire. Je suis certain que les chanteurs s'en aperçoivent eux aussi. D'ailleurs, ils semblent bien plus motivés qu'avant notre arrivée.

Nikki leur prodigue des conseils avisés pour leur permettre de s'améliorer. Et je découvre une nouvelle facette d'elle : celle d'une femme passionnée par la musique. C'est une excellente musicienne, du moins pour ce que j'en entends, et une meilleure chanteuse encore. Je comprends ce qui fait son succès. Elle n'est pas faite pour la musique, elle *est* la musique. Chacune des notes qui s'échappe de ses doigts ou de ses lèvres semble n'avoir été créée que pour elle.

Quel gâchis qu'elle ne se produise plus sur scène ! Je ne connais rien au milieu du showbiz, mais nul besoin d'être devin pour constater qu'il a broyé Nikki. Tout le monde a entendu parler de ces stars reconnues à travers la planète, mais qui n'étaient pas heureuses, ou de ces artistes qui se sont suicidés alors que leur carrière était à leur apogée. Je crois que Nikki a été victime de ce milieu elle aussi.

Mon cœur se serre en même temps que mon instinct protecteur se réveille. J'aimerais la défendre, être un rempart entre elle et le monde extérieur, créer un espace de sécurité où elle serait à l'abri.

Je me secoue mentalement. Qu'est-ce qui m'arrive ? Je ne connais Nikki que depuis quelques jours et voilà que je me prends pour un héros ? C'est ridicule. Franchement, moi qui suis à la merci d'un mafieux qui possède ma salle de sport tant que je n'aurai pas réglé mes dettes, j'ai la prétention de protéger une femme comme Nikki ?

La répétition se termine, mais les choristes ne semblent pas prêts à s'en aller. Le groupe est attroupé autour de Nikki qui est toujours au piano. On lui demande des conseils sur des compositions ou des placements de voix. Elle répond avec patience et gentillesse à chacun d'entre eux, me laissant découvrir une autre femme. Où est passée la chanteuse blasée et agaçante des premiers jours ? Elle semble s'être évanouie pour avoir laissé place à une créature sublime, presque divine.

— C'était ce dont elle avait besoin, me lance Elloïs.

La jeune femme a assisté à la répétition seule dans son coin et elle vient de s'approcher de moi.

— Elle rayonne, vous ne trouvez pas ?

Je me contente de hocher la tête. Mon corps est en proie à un besoin de possession tout nouveau, je meurs d'envie de ramener Nikki au chalet pour l'avoir rien qu'à moi. Alors qu'est-ce que ce serait si elle était sur scène, adulée par des milliers de fans ?

Cette simple idée me hérisse. Que d'autres personnes puissent profiter de la vision de son corps magnifique me tape sur les nerfs.

Tu es ridicule, Sam. Reprends-toi.

— Il y aura une retraite aux flambeaux demain soir, j'espère que vous viendrez, m'annonce Elloïs.

Je ne suis même pas étonné qu'il y ait une nouvelle activité programmée : j'ai bien saisi qu'à Carroll Falls on ne plaisante pas avec Noël.

— C'est à Nikki de décider, éludé-je cependant.

Elloïs me jette un coup d'œil :

— Moi je pense que tu as aussi ton mot à dire.

Je hausse les épaules.

— Je me contente de faire mon job.

Cette fois, Elloïs se tourne vers moi. Au regard qu'elle m'adresse, je comprends qu'elle n'est pas dupe. L'arrivée de Nikki m'épargne un échange que je n'ai pas envie d'avoir avec une inconnue.

— On peut rentrer.

Nous souhaitons une bonne nuit à Elloïs et aux choristes avant de quitter la salle. Nikki est silencieuse jusqu'à la voiture et pendant une partie du trajet de retour au chalet.

— Merci, Sam.

Sa voix est basse et je crois un instant avoir mal entendu, mais quand je coule un regard dans sa direction, je constate qu'elle m'observe. Une expression différente anime son visage, je mets ça sur le compte de la soirée et de la musique.

— Sans toi, je n'y serais pas allée, ajoute-t-elle.

Je gare la voiture devant le chalet avant de me tourner vers ma passagère. Je résiste à l'envie de placer ma main contre sa joue, ou de l'embrasser.

— Je pense que tu te sous-estimes, Nikki. Tu es plus forte que tu ne le crois.

— Tu n'es pas objectif, dit-elle avec un petit rire.

— Ah non ? Et pourquoi ça ?

— Parce que tu ne connais pas Trinity.

Elle mord sa lèvre inférieure. En dépit de l'obscurité dans l'habitacle, je peux voir qu'elle a les larmes aux yeux. Cette fois, je ne lutte pas et place ma paume contre sa joue.

— Alors, présente-la-moi.

Ses paupières papillonnent tandis qu'elle essaie de retenir ses larmes et mon cœur se serre. J'aimerais tellement qu'elle se libère de cette douleur qui la hante…

Tu n'es pas son psy.

Non, sans doute pas, mais ça ne m'empêche pas de souhaiter son bonheur.

— Je ne suis pas certaine que tu l'apprécierais beaucoup, lâche-t-elle enfin.

J'aime tout ce qu'elle est, même quand elle est une vraie peste. Ce constat me déstabilise. Je ne suis pas ici pour démarrer une relation intime avec qui que ce soit, encore moins ma cliente. Ma main retombe sur ma jambe et je conclus :

— Nous ferions mieux de rentrer.

Nikki hoche doucement la tête, et nous regagnons le chalet.

Elle se dirige vers la porte de sa chambre, mais se fige au moment de tourner la poignée. Nos regards se croisent, je peux lire la question muette dans ses prunelles : vais-je l'y rejoindre ?

Mon corps se tend, prêt à passer la nuit avec Nikki, mais je ne pense pas que cela soit très raisonnable. Nous avons dérapé une première fois, je préfèrerais qu'il n'y en ait pas d'autres.

— Bonne nuit, Nikki.

Et je regagne ma propre chambre avant de ne plus avoir l'énergie de lutter contre l'attirance qu'elle exerce sur moi.

Mais une fois couché, je ne trouve pas le sommeil, le corps et l'esprit en ébullition. J'ai beau faire, Nikki est partout…

Je suis sur le point de me lever pour faire une séance de sport que j'espère salvatrice quand la porte de ma chambre s'entrouvre. Le peu de lumière qui pénètre dans la chambre par la fenêtre me permet d'apercevoir une petite silhouette qui se faufile dans la pièce. Elle se dirige tout droit vers moi, et quand nos regards se trouvent, je sais que je n'irai nulle part.

Nikki monte sur le lit et me rejoint sous les couvertures. J'ouvre les bras et son petit corps se love contre le mien.

— Nous ne devrions plus faire ça, marmonné-je.

La main de Nikki se pose sur mon torse, caressant ma peau dénudée. Je ne dors qu'avec un boxer, et pour une fois, j'en suis content.

Sans me répondre, elle se redresse un peu, rive son regard au mien. Je peux y lire son désir, sans doute le reflet de celui qui parcourt mon corps. Lentement, elle se penche jusqu'à déposer un baiser sur ma peau. Elle relève la tête et nos yeux ne se quittent pas tandis que du bout de la langue elle trace un chemin jusqu'à mon sous-vêtement.

Le boxer ne masque rien de la tension qui m'a envahi, et Nikki a un petit sourire en coin. Je ne sais pas si c'est de satisfaction, ou de joie, ou pour une autre raison. À vrai dire, je m'en fiche, car je suis trop concentré sur ses doigts qui se faufilent sous le tissu.

D'un mouvement agile, elle libère mon érection, et je grogne :

— Nikki.

— Tout va bien, Sam.

Sa voix est profonde, rendue plus grave par le désir. Ce constat me rend encore plus dur. Nikki se mord la lèvre tout en me dévorant du regard. Je constate que sa respiration s'est accélérée et que le tissu fin de sa nuisette laisse deviner ses tétons durcis. Je résiste à la tentation de me redresser pour la caresser, l'embrasser, la posséder…

Enfin, elle se penche et place un premier baiser sur mon sexe tendu, et soudain, sa bouche et ses mains sont partout. Je ne sais pas comment elle s'y prend, mais je perds le contrôle quand elle me place dans sa bouche presque en entier.

Le silence de la chambre est rompu par le bruit de mes grognements et des gémissements de Nikki quand mes mains trouvent ses seins. Tour à tour, elle me cajole, me flatte, attise mon désir pour le pousser jusque dans ses retranchements. C'est une fée, ou une sorcière, ou peut-être une magicienne, en tout cas, elle me conduit au bord de la jouissance.

— Attends !

Je l'attire à moi. Son regard surpris se plante dans le mien.

— Je veux… plus, Nikki.

Il me faut quelques secondes pour trouver et enfiler une protection. Quand je reviens sur le lit, je me place au-dessus d'elle. Mes doigts courent le long de sa clavicule, entrainant la bretelle de sa nuisette sur leur passage. Le tissu ne me résiste pas, et je redécouvre le corps nu et sublime de ma partenaire :

— À mon tour de te donner du plaisir, maintenant.

Je joins le geste à la parole et me penche pour saisir entre mes lèvres un téton offert. Nikki se cambre et j'aspire fort jusqu'à lui tirer un gémissement de plaisir. Ma main s'aventure sur sa cuisse, presse sa peau ferme avant de remonter jusqu'à son entrejambe.

Elle est douce et chaude, rien que pour moi. Quelque chose saute en moi, je n'ai plus jamais envie de me priver d'elle et de son corps. Ce que je fais n'est pas du tout professionnel, mais tant pis. Je capitule. Si je dois en payer le prix ensuite, alors j'assumerai. J'ai le sentiment que ce qui se joue entre nous est beaucoup plus important, qu'il ne s'agit pas seulement d'une nuit de sexe… Je me fais peut-être des idées, et à cet instant, cela n'a aucune importance.

Du bout des doigts, j'effleure son sexe. Nikki se tend vers moi, mais je prends soin de rester juste à la distance qu'il faut pour attiser son désir sans le soulager pour autant.

— Sam…

Son gémissement est tellement torride que je dois lutter pour ne pas la prendre sur le champ. En revanche, mes doigts la pénètrent, lentement, d'abord avec douceur pour qu'elle s'habitue à ma présence. Son bassin ondule, vient à ma rencontre, et je sens qu'elle se resserre autour de mes doigts.

Je goute ses seins, une faim atroce me tenaille, et j'ai besoin de l'assouvir. Quand je suis certain qu'elle en est au même stade que moi, je me positionne entre ses cuisses. Mon sexe se place à l'entrée du sien, la tentation est grande de la posséder, mais je garde le contrôle.

Nikki ouvre les yeux et nos regards se soudent, alors seulement j'entre en elle, lentement, centimètre après centimètre. Ses ongles s'enfoncent dans la peau de mes épaules. J'aurai probablement des marques demain, mais je m'en fous complètement.

Nos hanches s'accordent dans un rythme qui gagne en intensité à mesure que le plaisir nous conduit ailleurs… Je m'empare de sa bouche, caressant sa langue avec force.

Nikki gémit dans ma bouche quand mon coup de reins se fait plus puissant. Ce son profondément érotique provoque une décharge électrique dans ma colonne vertébrale. Tout à coup, je ne contrôle plus rien : Nikki me fait basculer pour se trouver au-dessus de moi.

La vision de ses seins qui bougent en rythme menace de me faire jouir, mais j'arrive à trouver encore assez de force pour ne pas céder à cette tentation. Mes mains empoignent son bassin pour accompagner ses mouvements, et soudain, nous bougeons plus vite, tout est plus fort et intense. J'ai l'impression que des langues de feu parcourent mes reins, embrasent mes terminaisons nerveuses, me poussant toujours plus loin. Nous basculons ensemble, mais le crash ne vient pas. Bien au contraire, nous nous évadons ailleurs, emportés par la force de notre plaisir.

Nikki s'effondre sur moi, mon cœur bat fort. Je dégage les cheveux qui sont dans son cou pour enfouir mon visage contre elle, et je reste ainsi, une partie de moi encore en elle, et le reste de son corps blotti entre mes bras.

18

Nikki

Les courbatures qui parcourent mon corps n'ont rien à voir avec l'entrainement dispensé par Sam ce matin, mais tiennent plutôt à l'exercice physique de la nuit passée. Je ne savais pas que j'avais ça en moi… Cette faim insatiable d'un homme, de lui, Samuel. Même s'il m'a comblée plusieurs fois, ce matin, je ne peux pas m'empêcher de le regarder avec envie tandis que nous nous trouvons à la salle de sport.

— Nikki !

Sam me rappelle à l'ordre, car j'ai baissé ma garde. Face à lui sur le ring, je suis censée m'entrainer à frapper.

— Il faut commencer maintenant.

— À vos ordres, Sergent, répliqué-je sur un ton ironique.

— Si tu tiens à me donner un surnom, je ne suis pas contre un grade supérieur, par exemple Adjudant-Chef.

Je pouffe de rire :

— Et pourquoi pas Major, tant que tu y es ?

Sam fait mine de considérer la question.

— Ça me convient, conclut-il. Mais n'espère pas m'amadouer avec des petits noms.

Je lève mes mains emprisonnées dans des gants de boxe :

— Loin de moi toute intention de corruption, Major.

Je minaude, et Sam m'adresse un regard consterné.

— Allez, on se remet au boulot, soldat.

J'ai une moue désabusée. Il vient de me faire sauter à la corde pendant de longues minutes, et je ne sens déjà plus mes jambes.

— Je suis vraiment obligée de porter ça ? demandé-je en montrant les gants de boxe qu'il m'a enfilés.

Il hausse les épaules :

— C'est toi qui vois… Tout dépend si tu tiens à tes doigts. Mais après tout, si tu n'as pas peur de te casser une phalange ou deux, tu peux les retirer.

— Okay, j'ai compris…

Sam se dirige vers un coin de l'enceinte où se trouve du matériel. Il revient avec deux énormes gants plats qu'il enfile.

— Qu'est-ce que c'est que ça ? demandé-je.

— Ce sont des pattes d'ours.

Mon cerveau crée une image de Sam vêtu d'un costume d'ursidé et je retiens à peine un rire.

— Je te préfèrerais en pompier…

Je mords ma lèvre, mais ma remarque n'a pas échappé à Sam qui me dévisage comme s'il était affamé.

— Ça peut se négocier, dit-il enfin.

— Ah oui ? Là, tu m'intéresses !

Il prend une grande inspiration :

— Bien ! Nous parlerons de nos fantasmes plus tard…

Je le coupe :

— Avoue que tu rêves de me voir en costume d'infirmière !

Sam ferme les yeux et secoue la tête comme si j'étais un cas désespéré.

— Ça va, on peut commencer. Je vais être sage.

Je prononce les derniers mots sur un ton non équivoque et je crois un instant que Sam va me sauter dessus pour m'embrasser et me faire l'amour. Mais, fidèle à lui-même, il garde son calme et lève les mains pour désigner les gants :

— Allez, tu frappes en alternant coup droit, coup gauche. Ensuite, tu repars, gauche, droite.

Il ne me faut pas longtemps pour me mettre en marche. À mesure que les exercices s'enchainent, j'entre dans « la zone », celle où mon corps pousse jusque dans ses retranchements et où les endorphines inondent tout mon organisme.

— Bien ! s'écrie Sam après un coup plus fort que les autres. Encore !

Concentrée sur mes poings, je continue à frapper jusqu'à ce que les muscles de mes bras n'en puissent plus.

— Tu as été super, Nikki.

Sam a retiré les pattes d'ours et entreprend de défaire les scratchs de mes gants. Nos visages sont très proches, et quand il relève la tête, nos regards se soudent. Je peux lire le désir qui déferle en lui, et mon corps réagit lui aussi : mon ventre se noue.

— Viens, grogne Sam en saisissant ma main.

Nous rangeons le matériel puis il m'entraine en direction des vestiaires. Il n'y a pas grand monde dans la salle ce matin, et heureusement, car je ne suis pas certaine que j'aurais été fière de croiser d'autres hommes.

Sans attendre, Sam récupère ses affaires, et nous allons dans les vestiaires des femmes. Je pense qu'il veut que je prenne mes vêtements et qu'on s'en aille, mais ce n'est pas du tout son intention. Il pose son sac sur un banc avant de verrouiller la porte. Puis il se tourne vers moi. Une lueur que je commence à bien connaitre scintille dans ses yeux.

— On ne peut pas faire ça, marmonné-je en secouant la tête.

— Non seulement on peut, mais on va le faire.

Il accompagne sa phrase d'un petit sourire qui menace de m'achever sur place. C'est dingue ce qu'il est sexy !

— Alors, tu as vraiment un fantasme de me voir en tenue de pompier ? demande-t-il quand il est tout près de moi.

Je déglutis, mais parviens tout de même à hocher la tête.

— On garde ça pour une autre fois, Nikki. Aujourd'hui, on va faire quelque chose d'autre.

— Quoi ?

Je n'ai pas pu m'empêcher de poser la question. L'attitude de Sam m'excite.

Il replace une mèche de cheveux derrière mon oreille avant de souffler :

— Prendre une douche.

Jamais la perspective de me laver ne m'aura paru aussi alléchante… Sam saisit le bas de mon débardeur pour le faire passer au-dessus de ma tête, le reste de nos vêtements ne tarde pas à finir sur le sol, puis il m'entraine sous le jet d'eau chaude, et quand il se met à me savonner avec beaucoup d'application, je vacille…

✱✳❄✳❄✱✳

La journée passe à toute allure, comme si nous étions entrés dans un autre espace-temps où les heures comptaient moins de secondes. Rassemblés en haut de la piste de ski principale de la station, on nous a remis des lanternes.

— Une retraite aux flambeaux… Ces gens ne sont jamais à court d'idées, constaté-je.

Sam m'adresse un petit sourire en coin. Nous avons loué du matériel de ski exprès pour cette soirée. J'observe le lampion qui m'a été donné : il arbore fièrement les couleurs classiques de Noël, du vert, du rouge, du blanc.

— Il y a une explication particulière à cette coutume ? demandé-je à Elloïs qui se tient à côté de moi.

— Oh, oui ! C'est notre manière d'attirer à nous la magie de Noël et de faire participer les esprits de la nature en même temps.

— Les esprits de la nature…

Je suis un peu perdue. Les traditions des habitants de Carroll Falls sont bien ancrées et pourtant un peu étranges parfois, comme ce soir avec cette retraite aux flambeaux.

— Et puis, c'est aussi une manière de rendre hommage à nos montagnes.

Plus elle me donne d'explications, moins je comprends cette coutume, et je finis par renoncer. L'ambiance est détendue, les jeunes sont un peu plus bruyants que les autres, mais dans l'ensemble, c'est agréable. J'en viens à penser que la magie, ce sont les gens de Carroll Falls qui la créent.

— On va parcourir la piste à une allure modérée, nous informe Elloïs, en faisant des haltes régulièrement.

— Il va nous falloir des heures pour descendre, constaté-je.

Loin de se vexer, mon amie se met à rire.

— Peut-être pas autant, mais oui, c'est un peu long. Si jamais ça devient trop ennuyeux pour vous, n'hésitez pas à nous fausser compagnie.

Elle m'adresse un clin d'œil complice avant de s'éloigner.

— Je rêve ou elle est au courant pour nous ? demandé-je à Sam.

Ce dernier se contente de hausser les épaules, comme si cela lui importait peu. Je dois avouer que ça ne me pose pas de souci à moi non plus. Je n'ai pas honte de Sam, et encore moins de ce que nous faisons tous les deux.

J'ai conscience que ce que nous vivons ici est éphémère. La magie de Carroll Falls semble aussi fonctionner pour

Sam et moi, mais je ne suis pas assez naïve pour croire que cela continuera une fois de retour à Los Angeles. Comment pourrait-il en être autrement ? Sam devra reprendre le cours de sa vie, et moi de la mienne. Nous n'avons aucun avenir. J'ai beau le savoir, cela n'empêche pas mon cœur de se serrer.

Sam est un homme exceptionnel. Il n'a jamais vu en moi la star mondialement connue, il me traite d'égal à égale et j'adore ça. Il me donne le sentiment d'être une personne « normale », avec lui je peux laisser tomber les apparences, et il ne me juge pas. Je ne peux pas en dire autant des gens que j'ai rencontrés depuis que j'ai signé avec mon label.

Le signal du départ est donné, c'est le moment pour tous les participants de s'élancer sur la piste. Après avoir échangé un regard avec Sam, nous avançons. La pente est douce ce qui nous permet de skier sans bâtons tout en portant nos lampions. À mesure que les participants se dispersent, la piste s'illumine. J'imagine que le spectacle doit être magnifique vu d'en bas.

— Telles des lucioles qui s'envolent et se laissent bercer par le vent…

— Qu'est-ce que tu as dit ? lance Sam à côté de moi.

Je secoue la tête :

— Rien.

Mais les paroles flottent dans ma tête, et les notes commencent à affluer. Mes doigts picotent parce que j'ai envie de plaquer les accords sur le piano. L'air frais fouette mes joues, mais je ne m'en soucie pas. Je suis trop concentrée sur le processus qui est en train de se jouer en moi.

Quand une muse frappe à ma porte, je ne suis pas du genre à lui refuser l'accès. Je laisse la musique se dévoiler dans ma tête et je me mets à fredonner un nouvel air. Les flambeaux scintillent où que mon regard se pose, ce qui ne fait qu'alimenter mon élan créatif. Je donnerais cher pour être déjà en bas et poser les notes sur le papier. Les mots coulent eux aussi, j'ai déjà un couplet et un refrain qui tournent en boucle dans ma tête.

Lorsque nous arrivons en bas de la piste, je bous d'impatience de retourner à la salle communale.

— Il faut que je trouve Elloïs, annoncé-je à Sam.

Mon garde du corps hoche la tête. Je n'ai pas à chercher longtemps pour repérer mon amie : elle est accompagnée par Debra et Sid. Le couple nous accueille chaleureusement, et c'est la vieille femme qui nous lance :

— Nikki, Samuel ! J'ai entendu dire que vous vous sentiez bien parmi nous.

Je lui réponds :

— Oui. Il faut dire que les habitants de Carroll Falls sont vraiment gentils.

— Vous avez redonné vie à la chorale, ma petite, me félicite Sid.

Je hausse les épaules :

— À vrai dire, je n'ai pas fait grand-chose…

— Ne soyez pas si modeste ! s'exclame le vieil homme. Si j'en crois ce que l'on m'a rapporté, vous faites des miracles.

Un coup d'œil à Elloïs m'apprend qu'elle est l'informatrice de son grand-père.

— En parlant de chorale, commencé-je, serait-il possible que j'utilise la salle de répétition ?

Debra et Sid échangent un regard complice :

— Bien entendu, répond la vieille femme. Quand voulez-vous y aller ?

Je lance un regard à Sam.

— Maintenant ? Vous pensez que je pourrais avoir les clés ?

— Oh, elle n'est jamais fermée, réplique Sid comme s'il s'agissait d'une évidence.

La discussion se termine sur une autre invitation du couple. Cette fois, je n'ai même pas envie de savoir quelle sera la prochaine activité autour de Noël. Je me contente de me laisser porter par l'enthousiasme communicatif de la petite ville.

— Bien, je crois qu'on doit aller à la salle, commente Sam quand nous sommes seuls.

Je baisse la tête, mords l'intérieur de ma joue.

— Qu'est-ce qui se passe, Nikki ?

Il me faut un peu de temps pour choisir les mots, mais je me lance :

— J'ai besoin de faire ça seule.

Sam m'observe et je sens qu'il considère tous les aspects de la question avant de prendre sa décision, alors j'ajoute :

— Je serai seule dans la salle de répétition, que veux-tu qu'il m'arrive ?

Il fronce les sourcils :

— N'importe qui pourrait t'agresser.

— Ici, à Carroll Falls ? Tu plaisantes !

Et je me rends compte que je pense ce que je dis : je ne me suis plus sentie autant en sécurité depuis mon agression.

— S'il te plait, Sam, j'en ai vraiment besoin.

Son regard s'attarde sur mon visage, puis il lâche :

— D'accord, mais je resterai à l'extérieur, et s'il y a le moindre problème, je veux que tu m'appelles tout de suite.

19

Samuel

Les jours passent et une complicité nouvelle s'installe entre Nikki et moi. Sans même que je m'en rende compte, deux semaines se sont écoulées, pourtant j'ai l'impression de connaitre Nikki depuis toujours.

Installés sur le canapé devant la cheminée, les yeux rivés au feu qui crépite, et pelotonnés sous un plaid nous discutons.

— J'ai une demi-sœur, me confie-t-elle.

Du bout des doigts, je trace des sillons au creux de la paume de sa main.

— Je ne l'ai pas vue plus de deux fois dans ma vie…

Un silence passe pendant lequel on entend le bois crépiter. Je sens que Nikki a besoin de se confier, et je ne veux pas l'interrompre, alors j'attends qu'elle continue. Sa voix est un peu éraillée quand elle reprend :

— Après la mort de mon père, ma mère a refait sa vie. Je ne lui en veux pas. Je comprends que chacun gère sa peine différemment, mais moi j'ai eu l'impression qu'elle le trahissait, tu vois ?

Je secoue la tête :

— Plus que tu ne le penses…

Nikki lève les yeux vers moi, et cette fois, c'est moi qui me confie à elle :

— Mon père est mort alors que j'étais ado.

— Je suis désolée, je n'en avais aucune idée…

— J'imagine que ça nous fait un point en commun dont on se serait bien passés.

Elle hoche la tête et je continue :

— Ma mère n'a pas refait sa vie, sans doute à cause de moi. Je n'ai pas été tendre avec les rares hommes qu'elle a ramenés à la maison.

Nikki presse ma main.

— Tu n'es pas responsable de la vie de tes parents, Sam.

J'aimerais le croire, mais je suis convaincu du contraire. Je ne sais pas ce qui me pousse à parler de ma vie avec Nikki, mais je le fais.

— Ma mère est une junkie, elle est clean maintenant, mais je sais qu'elle ne sera jamais guérie. C'est une lutte continuelle, et un rien suffirait à la faire basculer.

— Ta sœur vit avec elle ?

— Oui.

Mon cœur se serre. À cet instant où nous versons dans les confidences, je ne peux pas m'empêcher de lui révéler le fond de ma pensée :

— Parfois je m'en veux de la laisser avec notre mère.

Je n'en dis pas plus parce que l'on approche dangereusement de la partie de ma vie où Helfer est arrivé et que je ne veux pas que Nikki sache que j'ai merdé dans les grandes largeurs. De toute façon, mon contrat prendra fin dans quelques semaines, après ça nous ne nous reverrons plus, alors à quoi bon détruire l'image qu'elle a de moi ? Je fais dériver la conversation :

— Tu me parlais de ta demi-sœur.

— Elle est ado maintenant.

Il y a une pointe de regret dans sa voix, du moins, c'est ce dont j'ai l'impression.

— Tu pourrais peut-être la contacter ?

— Pour lui dire quoi ? Nous n'avons pas grandi ensemble, aucun lien ne nous unit, aucune anecdote d'enfance, ni rien. Et puis…

Nikki se tait brusquement. Je presse ses doigts pour l'encourager, et elle reprend son souffle avant de lâcher :

— Elle est mieux loin de moi et de ma vie démente.

Je sens à nouveau à quel point son choix de carrière lui pèse.

— Qu'aurais-tu fait si tu n'avais pas trouvé une maison de disques ?

Elle garde les yeux rivés sur le feu dans la cheminée, et je crois un instant qu'elle ne me répondra pas, mais elle me surprend :

— J'aurais peut-être enseigné la musique.

— Tu aurais été très douée, j'en suis certain. Et ce ne sont pas les choristes qui diront le contraire.

Nikki a un petit sourire.

— Je ne fais pas grand-chose pour eux, vraiment. Leur professeur était douée et elle les a bien formés.

Elle fait preuve de modestie, mais moi qui assiste à chacune des répétitions depuis quelques semaines, je peux témoigner de l'influence positive qu'elle a sur chaque chanteur. Il n'y en a pas un seul qui ne soit pas fan d'elle. Je me demande comment elle arrive à leur cacher son identité de super star de la pop, mais il faut croire que l'habit fait le moine, car personne n'a découvert le pot aux roses.

— En réalité, ce sont eux qui m'apportent le plus, ajoute-t-elle.

Elle fait allusion à la musique qu'elle compose et écrit dans le plus grand secret. Je respecte sa décision de faire ça seule et je patiente chaque fois dans la voiture en attendant qu'elle ait terminé, mais j'entends parfois des bribes de morceaux, et c'est vraiment fantastique.

— Serais-tu en train de dire que Murray a eu raison de t'envoyer ici ? la taquiné-je.

Elle me fait les gros yeux :

— Je nierai tout si tu le lui dis.

Je secoue la tête en souriant :

— Promis, j'emporterai ton secret dans la tombe.

Nous échangeons un regard complice, et je me rends compte que je n'ai jamais partagé ce niveau d'intimité avec une femme. Mon attention dérive vers ses lèvres tentatrices et je suis sur le point de l'embrasser quand un bruit étrange se fait entendre à l'extérieur du chalet.

Il n'y a eu aucun incident notable depuis notre arrivée à Carroll Falls, cela ne signifie pas que je me sois ramolli. Ma mission est ma top priorité. Mon instinct reprend le dessus et je me redresse vivement. Je récupère mon arme avant de m'approcher d'une fenêtre.

Je pousse légèrement le bord du rideau pour regarder à l'extérieur. Je ne vois rien de particulier et m'apprête à me retourner lorsqu'une ombre se matérialise en périphérie de mon champ de vision. Aussitôt mon cœur s'emballe et je me précipite vers la porte d'entrée.

— Sam, qu'est-ce qui se passe ?

Je me tourne vers Nikki qui s'est levée. Son regard s'est agrandi sous l'effet de la frayeur. Ma voix est calme quand je lui donne mes instructions :

— Je vais aller vérifier ce dont il s'agit. Je veux que tu verrouilles la porte derrière moi et que tu te tiennes prête à appeler la police quand je te le dirai.

Elle hoche la tête. J'enfile mon manteau et dépose un baiser sur son front avant de sortir. Je tâche de faire le moins de bruit possible en traversant le porche. Mes yeux mettent quelques secondes à s'habituer à la pénombre, mais quand je vois enfin où je pose les pieds, je prends garde à ne pas glisser dans la neige.

Je n'ai pas fait deux mètres que le bruit se répète, plus fort cette fois, car je suis à l'extérieur. Je soulève mon arme et retire le cran de sécurité, avant de progresser en direction du bruit.

Le son étrange provient de la façade nord du chalet, celle qui fait face aux bois. Il ne me faut pas plus de quelques secondes pour parvenir à l'angle du bâtiment. Je prends une inspiration et me penche, prêt à en découdre avec l'intrus qui est là.

Mais ce que je vois me prend par surprise, et j'en perds le fil de mes pensées. Je fixe la scène en clignant des yeux, puis je m'avance en terrain découvert. Je replace le cran de sécurité sur mon arme et la range dans mon manteau.

Le son se fait à nouveau entendre, et maintenant que j'en identifie la cause, ce n'est plus si effrayant.

— Qu'est-ce que tu fais ici, toi ?

J'approche du grand animal qui se tient là et pose ma main sur son museau chaud. Le renne renâcle.

— Elle a dû s'échapper.

Je sursaute presque en entendant Nikki derrière moi. Je me retourne vers elle :

— Je t'avais dit de rester à l'intérieur.

— Et si tu avais été en danger ?

— Je suis assez grand pour me défendre, Nikki, crois-moi. Et puis il ne faut pas inverser les rôles : c'est mon job de te protéger.

Elle hausse les épaules et me dépasse pour aller flatter l'encolure de l'animal.

— C'est elle qui faisait tout ce raffut ?

— Ce sont ses bois qui raclaient contre la façade, oui, expliqué-je.

Nikki caresse le dos du renne.

— Oh merde, s'exclame-t-elle soudain.

— Qu'est-ce qu'il y a ?

Mes sens sont à nouveau en alerte.

Nikki relève la tête vers moi :

— Il faut appeler Elloïs tout de suite.

Je fronce les sourcils, sans comprendre, et elle précise :

— Amor est en train de mettre bas.

L'information met bien quelques secondes avant de parvenir à mon cerveau, puis je m'active. Je file vers le chalet principal pour prévenir la jeune femme.

Quand je reviens accompagné d'Elloïs, Amor est allongée sur la neige et on aperçoit des pattes marron foncé qui sortent de son arrière-train.

— C'est super ma belle ! l'encourage Elloïs en s'asseyant près de la tête de l'animal.

Elle lui parle tout bas d'une voix douce. Toutefois, il est difficile de dire si le renne est réceptif à ses encouragements.

— Est-ce que je peux faire quelque chose ? s'enquiert Nikki.

Elloïs lève les yeux vers son amie.

— Tu peux nous tenir compagnie si tu veux.

Nikki me lance un regard avant de s'assoir à côté d'Elloïs. Elle caresse le museau d'Amor. Je m'appuie contre le mur du chalet, et écoute la discussion des deux femmes.

— Je n'aurais jamais pensé qu'elle accoucherait ici, fait remarquer Nikki.

— Elle a encore réussi à sortir de l'enclos, répond Elloïs, ça lui arrive parfois. Je dirai à Sid de réparer la clôture demain. Comme nos autres rennes, Amor est domestiquée, et elle ne va jamais très loin de la ferme. Mais même si elle était partie, un voisin nous l'aurait forcément signalée.

J'admire la cohésion et l'entraide dont font preuve les habitants de Carroll Falls, ici tout le monde se connait, on est bien loin de l'ambiance individualiste qui règne à Los Angeles.

— Je n'en reviens toujours pas qu'elle accouche à cette période de l'année, continue Elloïs.

— Ah bon ? s'étonne Nikki.

— Oui, en général les rennes mettent bas en mai. Pour une raison inconnue, Amor a fait une exception à la règle…

Elloïs couve l'animal d'un regard tendre et protecteur. Il ne fait aucun doute que les bêtes sont bien traitées dans la famille Monroe.

À chacune des contractions d'Amor, on aperçoit un peu plus son petit. La délivrance est proche.

— C'est comme les bois, ajoute Elloïs. La plupart des rennes les perdent en hiver pour ne repousser qu'au printemps. On dit que c'est pour mieux résister à l'hiver : les organismes économiseraient leurs forces.

J'ai l'impression que l'amie de Nikki se perd dans des considérations biologiques à propos des rennes pour calmer son stress…

— C'est fascinant, commente ma cliente tout en caressant le museau d'Amor.

Soudain, le grand animal bouge pour se redresser sur ses pattes, et son petit tombe dans la neige. Nous assistons à la naissance de ce bébé renne, et je reconnais que je ne m'attendais pas à vivre ce genre d'expérience en acceptant ma mission.

Amor se retourne pour lécher son bébé, ce dernier ouvre les yeux et bouge, mais il ne se lève pas.

— Il ne marchera pas avant deux ou trois heures, nous informe Elloïs.

Manifestement, elle connait très bien les grands cervidés.

— On doit lui trouver un nom, s'écrie-t-elle tout à coup en joignant ses mains au niveau de sa poitrine. Vous avez des idées ?

Je hausse les épaules pour signifier que non.

— On aime utiliser les prénoms des rennes du père Noël dans différentes langues, mais peut-être qu'on pourrait faire une exception cette fois ? songe Elloïs. Que pensez-vous de Silver ? Ou Flocon ?

— Pourquoi pas Moon, propose Nikki. Après tout, il vient de naitre par une nuit de pleine lune…

— Moon, répète Elloïs.

Je m'attends à ce qu'elle fasse une autre proposition, mais elle me surprend :

— J'aime beaucoup ! Va pour Moon !

Puis elle ajoute en s'adressant à Amor :

— Qu'est-ce que tu en penses ? Ça te plait ?

Le renne ne semble pas l'entendre, et Elloïs finit par trancher :

— Moon, ce sera !

Nous restons à l'extérieur jusqu'à ce que je ne sente même plus mon visage tant il fait froid. Ce n'est qu'au moment où Amor et Moon regagnent l'enclos sous l'étroite surveillance d'Elloïs que Nikki et moi rentrons.

20

Nikki

La grange des Monroe est à nouveau remplie de monde. La naissance de Moon la nuit dernière est sur toutes les lèvres. On me demande plusieurs fois de raconter cette expérience. Au bout de la quatrième, je n'en peux plus. Je trouve refuge près de Sam qui est installé à une table de l'atelier. Cette fois, il s'agit de fabriquer un cadeau qui sera déposé au pied du sapin au centre-ville le matin de Noël.

Une manière pour chaque habitant d'avoir une petite attention pour l'un de ses concitoyens.

— Nous ne serons pas là pour savoir qui a eu nos cadeaux, me fait remarquer Sam.

Je lui lance un coup d'œil : ainsi concentré sur son ouvrage, il est encore plus beau. Mon cœur se serre. Depuis hier, je ne peux pas m'empêcher de penser que je représente un danger pour lui. Il a fallu que je le voie s'aventurer à l'extérieur du chalet, arme au poing, pour prendre conscience de la raison de sa présence à mes côtés : il est là pour faire office de gilet pare-balles entre un agresseur éventuel et moi.

Que deviendrais-je si Sam était blessé, ou pire tué, par ma faute ? Les larmes envahissent mes yeux et je respire profondément pour ne pas laisser voir aux autres que je ne me sens pas bien.

— Qu'est-ce que tu vas fabriquer ? me demande mon compagnon.

Je hausse les épaules :

— Aucune idée.

Il repose le petit pinceau qu'il tenait et observe la petite figurine de père Noël posée devant lui.

— Je crois que c'est plutôt réussi, constate-t-il.

Le personnage en bois est en passe d'être totalement paré de ses couleurs rouges, blanches et noires.

— C'est pas trop mal.

Sam plante son regard dans le mien, et je sens mon cœur battre un peu plus vite. Oui, c'est l'effet qu'il a sur moi, et encore, ce n'est rien en comparaison avec ce qui se produit lorsque nous sommes seuls… Je dois faire un effort pour ne pas laisser mon esprit m'entrainer sur cette voie.

— Pas mal ? s'offusque-t-il. Je dirais que c'est un chef-d'œuvre, oui !

Je pouffe de rire :

— Ça va tes chevilles ? Si tu continues, tu ne pourras plus passer la porte du chalet !

— Mes chevilles vont très bien, réplique-t-il. Merci de t'en soucier. D'ailleurs, le reste aussi se porte à merveille…

La petite lueur qui éclaire son regard est loin de me laisser indifférente. Je sens mes joues chauffer à l'idée de ce que nous pourrions faire en ce moment même si nous étions en tête à tête dans le chalet…

Mon trouble n'échappe pas à Sam et son petit sourire sexy refait son apparition, menaçant de me pousser à prendre une mauvaise décision, comme l'embrasser en public. Je crois que cela ne choquerait personne puisque la majorité des habitants nous prenait déjà pour un couple à notre arrivée, mais je ne suis pas certaine que cela serait judicieux pour nous.

— En fait, je suis certain que tu te moques de moi par pure jalousie, reprend Sam.

Je croise les bras sur ma poitrine.

— Ah oui ?

— Oui, tu n'as toujours pas d'idée de cadeau alors que moi j'ai presque terminé.

— Oh, c'est donc ça ta petite théorie !

Je souris. J'adore la manière dont notre relation a évolué, notre complicité qui grandit de jour en jour, pourtant, je ne peux pas ignorer que notre compte à rebours approche de la fin, et que cela me fait mal d'imaginer notre séparation.

— Je crois que je vais aller faire un tour, lancé-je avant de quitter la table.

Sam m'emboite le pas, mais je le dissuade :

— Tout va bien. Je n'irai pas loin, promis. Et puis, je sais me défendre maintenant.

— Pas contre une arme à feu, me rembarre-t-il.

Je cille plusieurs fois. Les souvenirs de mon agression s'éloignent chaque jour que je passe auprès de Sam. Il est comme un rempart entre mon passé et moi. Il y a un « avant » notre rencontre, et il y aura un « après » notre séparation.

— Je t'assure que tout ira bien. Je voudrais aller voir les animaux. Et…

J'hésite à lui révéler le fond de ma pensée, mais je m'y résous en songeant qu'il ne me laissera pas y aller sinon.

— J'ai besoin d'être seule.

Le visage de Sam se ferme, et mon cœur en prend à nouveau un coup, mais je ne peux pas faire autrement. Il est urgent que je mette de l'ordre dans mes pensées.

— D'accord, tranche-t-il, mais tu gardes ton téléphone à portée de main à chaque instant, et au moindre problème, tu m'appelles.

Je me contente de secouer la tête, puis je quitte la grange. Il ne me faut pas longtemps pour atteindre l'enclos des rennes. Amor et Moon sont près de la barrière, mais ni l'un ni l'autre ne s'approche de moi.

Tout en les admirant, je songe qu'ils ont beaucoup de chance de ne pas être en proie aux doutes et à la peur comme je le suis en ce moment… Quoi que je fasse, j'en reviens toujours à ce constat : Samuel est en danger en restant près de moi.

Tu as d'autres gardes du corps, et ça ne t'a jamais gênée avant.

C'est vrai. Peut-être que j'étais trop égoïste pour mesurer l'étendue des risques auxquels mes employés s'exposent par ma faute. Ou bien trop naïve pour appréhender la situation. Quoi qu'il en soit, ça ne peut plus durer, et je n'accepterai certainement pas que Sam paie les pots cassés de mon inconséquence.

Pour la première fois, la perspective de notre séparation m'apporte un peu de réconfort : plus il sera loin de moi, plus il sera en sécurité.

— Je suis certaine que ça va s'arranger.

Je sursaute et plaque la main sur ma poitrine en entendant la voix d'Elloïs près de moi.

— Tu m'as fait peur !

Mon amie me rejoint et s'adosse à la barrière pour mieux me dévisager.

— Qu'est-ce qui se passe, Nikki ? J'avais l'impression que tu repartais du bon pied depuis quelque temps, mais là tu sembles aller mal à nouveau… Qu'est-ce qui a changé ?

Elloïs ne manque pas de flair, je dois le reconnaitre.

— Ne le prends pas mal, mais je n'ai pas l'habitude de me confier à qui que ce soit.

— Pas de problème. Je veux juste que tu saches que je suis là si tu en as besoin.

Je hoche la tête et reporte mon attention sur Amor. Son petit se tient debout entre ses pattes. Il semble si frêle…

— D'ailleurs, je ne suis pas la seule, ajoute Elloïs.

Nos regards se croisent et je comprends qu'elle fait allusion à Sam.

— Vous vous êtes rapprochés.

— Mais ça ne pourra pas durer…

Mon amie hausse les épaules :

— C'est à vous d'en décider.

— Nous avons chacun notre vie à Los Angeles. Cette parenthèse à Carroll Falls est juste une pause dans notre quotidien.

— Si c'est ce que tu aimes penser.

Je fronce les sourcils, étonnée qu'Elloïs soit aussi directe. Elle s'en rend compte et elle continue :

— Pardon de te le dire, Nikki, mais tu as tendance à éloigner de toi toutes les personnes qui t'aiment.

— Qui dit que Samuel m'aime ?

Un petit sourire étire ses lèvres.

— Il suffit de voir la manière qu'il a de prendre soin de toi…

— Tu te trompes, il est payé pour ça, c'est son job !

Elloïs secoue la tête.

— Je peux t'assurer que cet homme a énormément d'affection pour toi, Nikki. Je suis certaine qu'il prendrait une balle pour toi sans hésiter.

Et voilà, sans même le savoir, Elloïs a mis ma plaie à vif. Sam pourrait mourir par ma faute ce qui m'est intolérable.

Rien que d'y penser, j'ai envie de vomir. Non, je ne veux pas qu'il paie pour mes choix. C'est inacceptable.

Je pense à sa mère et à sa sœur qui comptent sur lui. Je suis en train de les priver d'un moment important qu'ils devraient passer en famille… Ma conscience me souffle que je ne dois pas laisser ça arriver, mais je ne peux pas me résoudre à me séparer de lui.

Trois jours, c'est le temps que je décide de nous accorder avant de mettre un terme à cette folie.

Je retrouve Sam au chalet, et il lui suffit d'un regard pour se rendre compte que je ne vais pas bien. Cependant, il ne me pose pas de question, il se contente de refermer ses bras autour de moi. Je me blottis contre lui ; la tête posée contre son torse, j'écoute les battements de son cœur, forts et réguliers.

Sans dire un mot, je me détache de lui, saisis sa main et nous guide dans ma chambre. Une fois là, je retire mes vêtements. Sam reçoit le message cinq sur cinq et se déshabille lui aussi.

Nous restons nus, debout l'un face à l'autre, les yeux dans les yeux, et nos cœurs reliés. Du moins, le mien est totalement ouvert, je laisse Sam lire en moi tout ce que je ne suis pas capable de lui avouer, tout ce que je ne dois pas lui révéler. Pour notre bien à tous les deux, nous ne devons pas énoncer tout haut ce que nous éprouvons l'un pour l'autre. Il n'y a qu'un silence prudent qui nous permettra de nous relever de cette épreuve par la suite.

Il parait que l'on n'écrit pas de plus belles chansons que

sur un amour contrarié, eh bien, je suis sur le point de vérifier si cette théorie est vraie. Car je ne suis pas naïve : je sais
très bien que je suis tombée amoureuse de Sam. Quelle
femme resterait de marbre face à lui ? Il est tellement beau,
attentionné, intelligent. Avec lui, je me sens protégée.

Sam s'avance vers moi, son visage trahit le désir qui l'habite aussi surement que son érection tendue. Je déglutis et
lève la tête pour le regarder droit dans les yeux juste avant
qu'il ne m'embrasse. Je me hisse sur la pointe des pieds, saisissant son visage entre mes mains pour approfondir notre
étreinte. L'urgence qui a envahi mon cœur s'exprime à travers mes gestes et mes baisers.

Cette étreinte a un gout d'au revoir, et je retiens de jus-
tesse un gémissement de douleur. À cet instant, alors que je
suis contre l'homme que j'aime, au chaud entre ses bras, ses
lèvres sur mon corps, je mesure à quel point je ne le mérite
pas. Sam a le droit de rencontrer une femme normale qui
pourra lui offrir bien plus que ce que moi je peux lui donner.

Son corps pèse sur le mien quand nous nous allongeons
sur mon lit, et j'aimerais me fondre en lui pour que nous ne
fassions plus qu'un, qu'on ne puisse plus jamais nous dis-
socier ni nous atteindre.

J'ai conscience qu'il est impossible d'échapper à la vie réelle, que nous ne pourrons pas rester à Carroll Falls pour
toujours. Mais pour quelques jours encore, je refuse de voir
la vérité en face. Je décide de me réfugier dans un monde où
tout serait possible pour Sam et moi.

Tu ne sais même pas ce qu'il ressent pour toi.

Et je réalise que je préfère rester dans le déni jusqu'au bout. Peut-être que je me fais des idées, que je ne vois que les signes que je veux bien voir, mais tant pis. De toute fa-çon, cette histoire est une impasse.

Tandis que nos corps s'unissent, j'observe le visage de Sam, ses yeux verts, la forme de ses lèvres, je grave tout dans mon cœur. Je sais que cela n'atténuera pas ma peine, mais je ne peux rien faire de mieux. Et puis, je l'embrasse. Je mets toute la tendresse que je ressens dans ce baiser profond et intense.

21

Samuel

La ville est endormie et je me laisse hypnotiser par les éclairages scintillants qui décorent les façades des bâtiments. Étonnamment, il n'y a pas d'épreuve de la plus belle déco de Noël. Elloïs nous a dit que les habitants de Carroll Falls mettent tellement de cœur dans cette tradition, qu'il était hors de question de les mettre en concurrence. En revanche, le concours pour obtenir le titre de la plus belle maison en pain d'épices va bientôt commencer, et je me doute que la compétition sera féroce.

La portière s'ouvre et Nikki entre dans l'habitacle, les bras chargés de sachets en papier. Aussitôt, une bonne odeur de pâtisserie emplit l'habitacle.

— On peut y aller, annonce-t-elle après avoir déposé son chargement sur la banquette arrière.

Elle boucle sa ceinture et je démarre le moteur. Le soleil

est sur le point de se lever et le ciel rosit doucement.

— Tu étais obligée d'organiser ça si tôt ? lui demandé-je.

Nikki a décidé de préparer un petit déjeuner pour la famille Monroe.

— Tu sais bien qu'ils se lèvent aux aurores, et je ne veux pas les faire attendre.

Le trajet est rapide jusqu'à la ferme. Nikki ne me dit plus rien, je pourrais mettre ça sur le compte de l'heure matinale, mais mon intuition me dit qu'il y a autre chose.

Lorsque j'éteins le moteur et pivote dans sa direction, elle évite mon regard. Mon instinct passe en état d'alerte.

— Tout va bien, Nikki ?

Elle me regarde brièvement avant de hocher la tête, mais je sens bien que quelque chose cloche. Je pose ma main sur la sienne :

— Tu sais que tu peux me parler, pas vrai ?

Elle cille plusieurs fois et mord sa lèvre sans me répondre. Je la dévisage un instant, puis comprenant qu'elle n'a pas l'intention de se confier à moi, je retire ma main de la sienne.

Nous rejoignons le grand chalet. Debra a indiqué à Nikki de faire comme chez elle, alors ma cliente prend place derrière les fourneaux tandis que je dresse la table comme elle me l'a demandé.

Nos hôtes ne tardent pas à nous rejoindre, sans doute attirés par la bonne odeur de pancakes qui flotte rapidement dans l'air.

— Des scones ! s'exclame Sid en louchant sur les pâtisseries qui sont encore chaudes. Comment avez-vous su que j'adore ça ?

— J'ai mes sources, Sid.

Nikki lui adresse un sourire franc qui me tord le cœur, cela fait des jours qu'elle ne m'a plus souri ainsi.

Le vieil homme hoche la tête d'un air entendu, il ne fait aucun doute que l'informatrice n'est autre qu'Elloïs. Cette dernière ouvre le frigo dont elle sort du lait et du beurre. De son côté, Debra enfourne des toasts dans le grille-pain. Le petit déjeuner s'annonce gargantuesque, mais j'ai l'estomac noué par l'appréhension.

Quelque chose m'échappe. Je ne sais pas encore quoi, pourtant j'ai l'intuition que je ne vais pas aimer ce que je découvrirai.

Une fois que tout est prêt, nos hôtes et Nikki s'installent à table. Elloïs me dévisage avec curiosité en voyant que je ne m'installe pas. J'essaie de croiser le regard de Nikki, sans succès, alors je déclare :

— Je n'ai pas faim, bon appétit à tous.

— Voyons, jeune homme, s'offusque Sid, vous n'allez quand même pas démarrer la journée l'estomac vide ?

— Ne vous en faites pas pour moi. Je vais bien. À plus tard.

Et sans attendre sa réponse, je tourne les talons. Nikki est en sécurité avec nos hôtes. Je quitte la maison avec la sensation d'avoir avalé une pinte d'acide sulfurique. Le chalet me parait étrangement vide quand j'y entre. Il ne me faut que quelques minutes pour me changer et repartir.

Le footing que j'entame s'avère plus difficile que prévu à cause de la neige, mais tant pis. Je compte faire du sport pour me remettre les idées en place. Rien de tel que l'exercice physique pour bien réfléchir.

Mes foulées ne sont pas aussi rapides que d'habitude, car je dois veiller à ne pas marcher sur une plaque de verglas. L'air glacial qui s'infiltre dans mes poumons à chaque inspiration me brule à l'intérieur, mais j'accepte cette morsure qui me rappelle que je suis vivant.

D'ailleurs, je le suis bien plus depuis que je travaille pour Nikki. Je suis conscient que le fait d'être en dehors de ma vie quotidienne n'est pas étranger à mon changement interne. Le retour à Los Angeles sera un test pour dire si mon évolution est bien réelle.

La morsure du froid n'est rien en comparaison de la douleur qui vrille mes entrailles quand je songe à la séparation qui se profile à l'horizon. Le temps passe vite ici, il faut dire que les Monroe s'évertuent à nous faire participer à toutes les animations possibles et imaginables, et que je passe le reste de mon temps auprès de Nikki, ou plutôt en dessus, en dessous…

Je serre les dents et accélère l'allure au mépris de la prudence la plus élémentaire.

Elle a changé d'attitude avec moi, d'ailleurs, nous n'avons pas dormi ensemble la nuit dernière. J'ai détesté ça. Incroyable venant de moi qui ne supportais pas de dormir avec une autre personne avant. Pourtant, quand Nikki est auprès de moi, je me sens rasséréné. Je me suis plusieurs fois surpris à écouter son souffle régulier la nuit alors que le sommeil me fuyait.

Peut-être qu'elle sait qui tu es vraiment.

Cette idée me prend par surprise. Est-il possible que Nikki ait découvert mes motivations à accepter cet emploi ? Sait-elle que je suis endetté jusqu'au cou et que je suis redevable à un mafieux ?

À mesure que les jours passaient, j'ai mis de côté tous mes problèmes, mon passé, mon futur, plus rien ne compte que le présent avec Nikki. Mais rien n'a changé dans ma vie. La parenthèse à Carroll Falls n'est qu'un interlude avant que le cours du temps ne reprenne ses droits. La redescente va être rude, je le sais, il n'empêche que j'ai plongé la tête la première dans cette histoire avec Nikki.

Que sommes-nous l'un pour l'autre ? Une passade agréable et divertissante ? Nikki a-t-elle l'habitude d'avoir des liaisons sans lendemain ? Je ne lui ai pas posé de questions sur sa vie sentimentale, et elle ne s'est pas confiée non plus. Pour autant que je sache, elle a peut-être tendance à partager son lit avec ses employés…

Je chasse cette pensée. La Nikki que je connais n'est pas comme ça.

Oui, mais qu'en est-il de Trinity ?

J'ai du mal à croire que son alter ego puisse être aussi différent de la femme que j'ai appris à connaitre. Ça me parait tout bonnement impossible. Mais puis-je me fier à mon intuition ? Quand il s'agit de Nikki, j'ai l'impression que tout s'embrouille et se mélange, que j'en perds le nord.

Il n'y a qu'à voir : j'ai une liaison avec ma cliente. Si on m'avait dit ça il y a encore un mois, j'aurais juré que ça n'arriverait jamais. Pourtant, nous y voilà. Nikki et moi sommes amants, et si je suis honnête, je n'ai pas envie que cela cesse. Non, en fait, c'est pire que ça : je suis incapable d'y mettre un terme.

De toute façon, la date d'expiration de cette folie est déjà fixée.

Ça t'arrange bien…

Je cours vite à travers les bois. Le manteau neigeux n'y est pas très épais, en revanche le terrain présente beaucoup plus d'aspérités. Je tente une nouvelle accélération, mais mon expérience se solde par un échec cuisant : mon pied se prend dans une racine récalcitrante, et je tombe. Instinctivement, je me ramasse pour faire un roulé-boulé et me retrouve étendu sur le sol.

Les yeux rivés à la cime des arbres, le ciel se profilant entre les pointes des conifères, j'essaie de retrouver un rythme cardiaque normal. La buée s'échappe de mes lèvres, et le froid mord mon visage. Je reste allongé ainsi, immobile, scrutant les cieux, pendant quelques minutes.

Quand je me relève enfin, j'ai pris ma décision : je dois mettre les choses à plat avec Nikki. Nous ne faisons rien de mal, et si elle a des réticences, je vais me charger de les balayer pour que nous puissions profiter de nos moments ensemble avant que nous quittions Carroll Falls.

❄❄❄❄❄❄

La soirée bat son plein au centre-ville. Les exposants ont installé leurs maisons en pain d'épices sur la grande place, et j'accompagne Nikki tandis qu'elle fait un tour. En dépit de mes bonnes résolutions, je n'ai pas encore réussi à parler avec elle.

Nikki a passé la journée avec Elloïs, comme pour éviter de rester seule avec moi, et ça me ronge. Pourquoi a-t-elle changé d'attitude ?

Peut-être qu'elle regrette ce qu'il s'est passé entre vous ?

Je regarde sans vraiment la voir une grande maison en pain d'épices au toit rouge et aux volets verts.

— Elle est ressemblante, vous ne trouvez pas ?

La femme qui vient de m'adresser la parole me sourit, mais je n'arrive pas à me forcer à lui sourire en retour. La pâtissière désigne une façade plus loin, et je constate qu'en effet, sa maison en pain d'épices est une bonne réplique de la bâtisse.

Mon téléphone qui se met à vibrer dans ma poche me fournit une bonne excuse pour ne pas engager la conversation. Je manifeste la politesse d'un ours mal léché, mais tant pis. Ce soir, je ne suis pas d'humeur pour les ronds de jambe. Je montre l'écran qui clignote à la femme et m'éloigne pour décrocher :

— Blake ! aboie mon interlocuteur. Vous vous foutez de ma gueule ?

Je mets un instant à reconnaitre Murray. Je jette un regard en direction de Nikki, elle accompagne Elloïs dans sa tournée et ne me prête pas attention.

— Salut, Murray.

— Vous vous amusez bien à Carroll Falls ?

Je ne sais pas quoi répondre à ça, donc j'adopte un silence prudent.

— Corrigez-moi si je me trompe, mais sauter Nikki ne faisait pas partie de votre contrat !

Mon cœur manque un battement avant d'accélérer. Comment Murray peut-il savoir ça ?

— N'essayez pas de nier, votre petite affaire est partout dans les médias et sur les réseaux sociaux !

— Comment ça ?

— Je ne vais pas perdre mon temps à vous expliquer comment ça fonctionne, Blake. Vous avez dépassé les limites.

Je ne peux rien répondre pour la bonne raison que je suis d'accord avec lui. J'ai manqué de professionnalisme, sur ce point, il n'y a pas matière à débat.

— Si je vous ai confié Nikki, c'est parce que je pensais que vous vous tiendriez à carreau. Je déteste ça, mais je vois que je me suis trompé.

— Je protège Nikki. Je fais mon job, même si notre relation a dépassé un cadre strictement professionnel…

Murray a un rire mauvais à l'autre bout du fil.

— Vous allez rester avec elle jusqu'à ce que j'envoie un remplaçant pour prendre le relai.

Je sais que je ne pouvais pas m'attendre à autre chose, mais je suis quand même sonné.

— Encore une chose, Blake…

Murray laisse passer un silence dramatique, comme si j'avais besoin de ça.

— Vous arrêtez de batifoler avec Nikki. C'est un ordre.

Sinon quoi ? Il va me virer ? J'ai presque envie de lui raccrocher au nez. Non, en fait, je veux jeter mon téléphone au loin, comme si cela pouvait éloigner mes problèmes en même temps…

Murray coupe la conversation, et je reste planté au milieu de l'expo. L'odeur épicée des pâtisseries embaume l'air, mais je suis comme anesthésié, hébété par ce qui vient de se passer.

Et soudain, l'information se fraie un chemin dans ma tête : les paparazzis nous ont surpris ! Je déverrouille l'écran de mon téléphone et lance une recherche sur le net. Les images qui s'affichent me donnent des envies de meurtre.

On nous y voit Nikki et moi, en train de nous embrasser. La photo a été prise devant le chalet, alors que nous nous trouvions sous le porche. Un frisson glacé remonte le long de mon dos. Un intrus était là et je ne l'ai pas remarqué. Murray a raison, je n'ai pas bien fait mon job.

22

Nikki

Je suis en train d'admirer la vingtième maison en pain d'épices lorsque je sens qu'on empoigne mon bras. Je tourne la tête et découvre Sam. Son visage est fermé, sa mâchoire est serrée.

— Suis-moi, m'ordonne-t-il.

Il tire sur mon bras, mais je résiste :

— Je vais rester un peu plus longtemps.

Son regard est glacial quand il me dévisage :

— Crois-moi, il vaut mieux que tu écoutes ce que j'ai à te dire.

Il y a une telle solennité dans ses mots que je capitule. Après m'être excusée auprès d'Elloïs, nous quittons le concours. Ce n'est qu'une fois dans la voiture, que je lui demande :

— Tu vas m'expliquer ce qu'il se passe ?

Samuel a démarré le moteur, mais il ne bouge pas, le regard fixé droit devant lui. Ses mains serrent fort le volant, et je m'inquiète pour lui.

— Écoute, je sais que je suis distante depuis quelques jours, mais…

— Murray m'a appelé, me coupe-t-il.

J'attends la suite qui ne vient pas.

— Et ?

Je peux percevoir la tension qui habite Sam, ce qui ne me dit rien qui vaille. Il finit par récupérer son téléphone dans sa poche. Il pianote rapidement sur l'écran avant de me le tendre.

L'image que j'ai sous les yeux n'a aucun sens… Du moins, je mets du temps à l'analyser. Quand je comprends toutes les implications de cette information, je sens une vague glacée parcourir mon corps.

— Je suis désolé, Nikki.

Je le dévisage, consternée. Mes pires craintes sont en train de prendre vie… On m'a retrouvée ici ! Instinctivement, je regarde par la fenêtre sans toutefois repérer quoi que ce soit d'anormal.

Ma voix est grinçante quand je prononce la sentence :

— On doit tout arrêter.

Samuel ne me répond pas, il me dévisage avec gravité. Mon cœur est en train de se déchirer, mais je n'ai pas d'autre choix. Je dois le protéger coute que coute. Il n'y a pas d'alternative.

— Il faut que tu t'en ailles, Sam.

Il secoue la tête, mais je ne lui laisse pas le temps d'argumenter :

— Ce n'est pas un conseil, c'est un ordre. Je veux que tu rentres à Los Angeles.

— C'est hors de question.

Je m'attendais à ce qu'il ne soit pas facile à convaincre, et c'est pour ça que je reculais le moment où je devrais rompre. Manifestement, ce jour est arrivé.

— Il ne s'agit pas uniquement de ces photos… Je ne supporte plus d'être sous le même toit que toi. Ce qu'il s'est passé entre nous était une erreur, mais je ne peux pas passer à autre chose tant que tu seras là.

Les mots m'arrachent le cœur, et je peux voir Samuel se renfermer à mesure que je déverse ce torrent de mensonges. Je n'ai pas d'alternative, il faut que j'enfonce le clou pour que Sam s'en aille sans regret.

— J'ai déjà demandé à un de mes gardes du corps de Los Angeles de me rejoindre. Il sera là demain.

— Murray ne m'en a pas parlé…

— Comme tu l'auras constaté, mon agent n'est pas très causant. Et de toute façon, il n'est pas au courant. J'ai décidé de prendre ma vie en main. À commencer par ma sécurité.

C'est un pur mensonge, je n'attends aucun garde du corps, et à vrai dire, je m'en fiche. Tant pis si je suis à nouveau victime d'une agression. À quoi bon continuer sans Sam ? J'ai la sensation de découper mon cœur morceau par morceau, et la douleur est presque insupportable pourtant je vais jusqu'au bout :

— Tu es viré, Samuel. Je veux que tu t'en ailles, maintenant !

Il cille plusieurs fois avant de reporter son attention droit devant lui. Sans rien dire, il passe la marche avant, et la voiture quitte son stationnement. Dire que le trajet s'effectue dans un silence tendu serait un doux euphémisme.

Je dois faire appel à toutes mes forces pour retenir les larmes qui menacent de me submerger. Je sais qu'à l'instant où elles couleront, plus rien ne pourra les arrêter, et je ne veux pas m'effondrer devant Sam.

Je serre les poings, et garde la tête haute, mais quand nous arrivons au chalet, je fonce tout droit dans ma chambre et m'y enferme. Contre toute attente, je ne pleure pas. Quelque chose me permet de garder encore un peu de contrôle.

Les bruits en provenance de l'autre côté de la cloison m'apprennent que Samuel est en train de faire ses bagages.

Je vais rester seule.

Ce constat me broie le cœur. Je devrais y être préparée, après tout, je n'ai fait que mettre un terme à une relation éphémère. Nous savions tous les deux que nous étions voués à l'échec.

Mais le savoir et le vivre sont deux expériences totalement différentes…

Après quelques minutes, j'entends les pas de Samuel s'approcher de ma porte. Il s'arrête, et je n'arrive pas à me décider à sortir. Je ne me sens pas le courage de l'affronter.

J'entends clairement sa voix :

— Au revoir, Nikki.

Mes dents se plantent dans la chair tendre de ma lèvre inférieure, les larmes envahissent mes yeux à l'instant où j'entends la porte du chalet se refermer. L'intérieur est silencieux.

Soudain, le barrage que je maintenais en place se rompt, et j'éclate en sanglots. Je quitte ma chambre, et me poste derrière la fenêtre juste pour voir les feux arrière de la voiture s'éloigner. Alors, je m'effondre.

Assise par terre, le cœur en miettes et le corps en proie à une douleur violente, je pleure. Mon ventre se contracte tellement que j'ai presque envie de vomir. À quel moment suis-je tombée éperdument amoureuse de Sam ? Je suis incapable de le dire, mais le résultat n'en est pas moins là.

Je l'aime sincèrement. Mon regard se perd dans la pièce qui me parait vide et froide désormais. Je m'autorise à pleurer pendant quelques heures. En réalité, j'ai du mal à évaluer combien de temps s'écoule avant que je ne me ressaisisse. En tout cas, la nuit est tombée quand je m'allonge sur le canapé.

Inutile d'essayer de dormir dans mon lit qui me rappelle bien trop ce qu'il s'est passé entre Sam et moi.

****

Le lendemain, je me réveille toute courbaturée. L'espace d'une fraction de seconde, j'oublie que Sam est parti. Mon regard se pose sur la porte de sa chambre, et je m'attends à le voir franchir le seuil, sa grande carrure occupant tout l'espace. Mais rien ne vient, en dehors des souvenirs de ce que j'ai fait.

Les larmes se sont taries, heureusement car on frappe à la porte du chalet. Je me lève pour ouvrir et découvre Elloïs sur le seuil :

— J'ai croisé Samuel hier…

À son expression, je devine qu'elle sait qu'il est parti pour de bon. J'ouvre la porte en grand et elle me suit à l'intérieur. Sans dire un mot, je prépare du thé.

— Tu as besoin d'un vrai remontant, dit mon amie quand je dépose une tasse fumante devant elle.

— Merci, mais je ne pense pas que l'alcool soit une solution…

Elloïs laisse échapper un petit rire :

— Je ne parle pas de ça. Attends.

Elle saute sur ses pieds et quitte le chalet précipitamment. Je ne sais pas ce qu'elle est en train de faire, et à vrai dire, peu m'importe. Mes mains entourent le récipient brulant. Je ne les retire que lorsque la douleur devient insupportable. Ce n'est pas en m'infligeant des brulures au second degré que j'aurai moins de peine.

Elloïs réapparait dans le chalet. Elle tient un gros thermos qu'elle me montre :

— Voilà ce qu'il te faut !

Elle ouvre un placard et récupère un autre mug. Quand le liquide marron s'écoule dans la tasse, je comprends qu'il s'agit de chocolat chaud. La bonne odeur emplit rapidement la pièce. Elloïs sort un petit sachet de la poche de sa veste et quand elle dépose le chocolat devant moi, je me rends compte qu'elle a ajouté des petites guimauves dedans. Les minuscules icebergs flottent sur la marée veloutée. Rien que de les regarder, je me sens un tout petit peu mieux. Il y a quelque chose de réconfortant dans ce breuvage, je dois le reconnaitre.

Je souffle sur le liquide avant d'y tremper les lèvres. La saveur explose sur mes papilles exactement comme lors de la soirée dans la grange. Aussitôt, mes souvenirs se manifestent, et je revois Sam…

Mon réservoir de larmes semble avoir trouvé une nouvelle source, car mon regard s'embrume. La main d'Elloïs se pose sur mon bras :

— Tu veux en parler ?

Je fronce les sourcils, en proie au doute. Me confier revient à admettre la réalité de la situation, mais me taire ne changera rien. Dans les deux cas, le mal est fait et il n'y a rien qui puisse changer ça.

Contre toute attente, je finis par tout expliquer à Elloïs. Mon amie me dévisage, l'air grave, puis elle secoue la tête :

— Je ne vais pas te faire la leçon, Nikki. Tu es une grande fille et tu prends tes propres décisions. Si tu crois que rompre avec lui, et le virer était la bonne chose à faire pour vous deux, alors je te soutiens.

— Mais ? Je sens qu'il y a un mais.

Elloïs secoue la tête :

— Il n'y en a pas. Tu as repris le contrôle de ta vie, ce que je trouve admirable. À toi de voir comment tu veux y parvenir.

Je réfléchis un instant à ce qu'elle vient de me dire.

— Je ne te savais pas aussi sage, constaté-je.

Elloïs a un petit rire :

— Parce que je ne le suis pas ! Regarde-moi, j'ai vingt-cinq ans et je vis chez mes grands-parents, je n'ai pas de petit ami. Ma vie sentimentale est au point mort… Je ne suis pas un exemple en matière relations amoureuses.

Je sirote le chocolat, laissant à ce breuvage doux et sucré le soin de m'apaiser un peu. Mais toutes les sucreries de la Terre ne suffiront pas à réparer mon cœur brisé.

— Ce qui m'inquiète, reprend mon amie, c'est qu'il y ait eu un paparazzi à Carroll Falls.

— À moins que ce ne soit un des habitants qui ait pris la photo, fais-je remarquer.

Les yeux d'Elloïs s'arrondissent sous l'effet de la stupeur, puis elle secoue la tête :

— Aucun d'entre nous n'irait balancer ce genre d'information. Tout le monde sait que tu es ici pour te ressourcer.

Elle se mord la lèvre et je relève :

— Tout le monde sait quoi ?

Elloïs évite mon regard, ses joues ont pris une teinte pourpre. J'insiste :

— Tu es en train de me dire que les habitants savent que je suis Trinity ?

L'air gêné qui flotte sur son visage m'apprend tout ce qu'il y a à savoir. Je hoche la tête, sous le choc de cette révélation.

— Moi qui croyais passer inaperçue…

— Tout le monde sait qui tu es, Nikki.

— Je suis surprise que personne n'ait rien dit.

Elloïs a un petit sourire :

— La communauté est très soudée, et je leur ai expliqué à quel point tu comptais pour moi. Donc ils considèrent que tu fais partie des nôtres, et entre nous, on se protège.

— Je ne sais pas si je dois être rassurée ou étonnée par le fait qu'un aussi grand nombre de personnes sache encore faire preuve d'humanité…

Je fixe le fond de ma tasse vide. Elloïs pose la main sur la mienne dans un geste amical.

— Tu es la bienvenue à Carroll Falls quand tu le voudras, Nikki.

— Pourquoi ai-je encore l'impression qu'il manque une fin à ta phrase ?

Elle hausse les épaules :

— Peut-être parce que tu sais ce que tu dois faire ?

Je secoue la tête :

— J'ai déjà pris les décisions les plus importantes.

— Tu ne vas pas essayer de régler les choses avec Samuel ?

— J'ai rompu, ça me semble réglé, tu ne crois pas ?

Nous nous dévisageons. Manifestement, Elloïs n'est pas convaincue par mes choix, mais elle n'argumente pas, ce dont je lui suis reconnaissante. Je n'ai pas envie de ressasser tout ça encore une fois. Mettre un terme à cette relation était suffisamment douloureux sans en rajouter.

23

Samuel

Rentrer à Los Angeles est assez étrange. Je me sens en décalage avec la vie qui grouille dans tous les coins, le rythme qui me parait comme accéléré et c'est sans parler du climat. Non, vraiment, je suis presque sous le choc tant le changement est brutal.

Sans doute parce que je ne prévoyais pas de rentrer dans l'immédiat.

— Sami !

Je claque la portière du taxi et me retourne juste à temps pour réceptionner Valentine qui se jette dans mes bras. Je serre ma sœur contre moi, humant le parfum familier de son shampoing. Ses cheveux me chatouillent le nez et je m'écarte un peu.

Son bronzage parfait indique qu'elle passe plus de temps dehors qu'en classe, et je m'en inquiète :

— Tu sais que tu n'as pas le droit de sécher les cours ?

— Je ne sèche rien du tout ! s'offusque-t-elle. Simplement, je passe tout mon temps libre à la plage, nuance.

Je grommelle une réponse tout en récupérant mon bagage sur le trottoir. Ma sœur se pend à mon bras.

— Je suis tellement contente que tu sois de retour ! Passer Noël sans toi aurait été bien trop déprimant…

Nous montons les marches qui conduisent à l'entrée de mon immeuble. J'ai prévenu ma sœur de mon retour anticipé et elle a tenu à être là lors de mon arrivée. Lorsque je pénètre dans mon appartement, j'ai l'impression d'être chez un étranger.

En tout cas, je ne suis plus le même homme que lorsque je suis parti à Carroll Falls. Cette expérience restera marquée en moi… Mon cœur se serre, et je dois lutter pour ne pas laisser les souvenirs de Nikki m'envahir.

— Maman a prévu de cuisiner ce soir, m'informe Val. Tu viendras, pas vrai ?

Je fronce les sourcils :

— Bien sûr ! Je ne voudrais surtout pas manquer son célèbre plat de macaronis au fromage.

Nous échangeons un regard avant de rire. Notre mère est loin d'être un cordon bleu et les pâtes sont à peu près tout ce qu'elle parvient à cuisiner.

— Alors ? Raconte-moi ! lance ma sœur tout en s'affalant sur le canapé. Comment elle est Trinity ?

Je reste muet un instant, surpris qu'elle soit au courant, avant de me rappeler que le monde entier sait que nous avions une relation.

— Je suis déçue que ton nom n'ait pas été cité dans l'article, enchaine ma sœur.

— Pas moi, marmonné-je.

— Tu as tort ! Ça ferait une super pub pour ta salle de boxe…

— Je doute que les fans de Trinity soient des aficionados des sports de combat !

— Tu n'en sais rien, répond Val d'un ton docte. Et puis, il suffirait que quelques dizaines d'entre eux s'inscrivent pour que la salle explose.

Sur ce point, elle n'a pas tort, cependant je ne la conforte pas dans ses idées délirantes. Cela ne l'empêche pas de continuer sur sa lancée :

— Tu devrais contacter les journalistes pour faire une interview. Je suis certaine que ça les intéresserait.

Je la fixe, les yeux ronds.

— Allez, parfois il faut sortir de sa coquille pour réussir, insiste-t-elle.

— Je doute que mon histoire intéresse les paparazzis, et de toute façon, c'est privé.

— Mais à moi tu peux bien m'en parler ?

Elle me fait ses yeux de Chat Potté, mais cette fois, ça ne prend pas.

— Il n'y a rien à dire, Val.

Je lance un regard à ma valise qui attend d'être déballée, ce qui me décourage d'avance. Ma sœur, qui ne sait pas quand elle dépasse les bornes, ne se laisse pas démonter pour si peu.

— Vous étiez où déjà ? Tu ne me l'as pas dit, et ce n'était pas indiqué dans les articles. J'ai fait le tour de tout Internet sans trouver plus d'infos. Tu passes pour le mystérieux garde du corps qui a eu une aventure torride avec sa patronne.

— Techniquement, je n'étais pas son employé. D'ailleurs, je la considérais plutôt comme ma cliente…

Valentine fronce les sourcils, et je me rends compte que je m'enfonce dans des explications sans importance.

— Bref, ce que tu dois savoir, c'est que je ne révèlerai rien à la presse. Et je t'interdis de les contacter, tu m'entends ?

Ma sœur hoche gravement la tête, sans doute surprise par le ton un peu sec de ma voix.

— Mais vous étiez bien ensemble, pas vrai ?

Je prends une grande inspiration avant de hocher la tête pour dire que oui. Je ne peux pas nier ça, d'ailleurs, la douleur sourde qui a envahi ma poitrine, et ne me quitte plus depuis que Nikki a rompu, me le prouve bien.

— Tu l'aimes ?

Je manque de m'étouffer à cette nouvelle question indiscrète de ma sœur.

— Non, mais de quoi tu te mêles ?

Je tente de prendre un air inflexible, mais Val me connait trop bien pour être intimidée.

— Tu es mon frère, alors ça me regarde.

— Euh… En fait, non.

— J'ai décidé que si.

Cette fois, je ne vois pas quoi répliquer. Je me laisse tomber dans le fauteuil face à elle. Les yeux perdus dans le vide, je me repasse le film de mes dernières heures avec Nikki. Plus j'y pense, plus je suis convaincu qu'elle a pris la bonne décision. Je ne suis pas celui qu'il lui faut, point barre.

Alors pourquoi ça fait un mal de chien ?

Je peux me voiler la face autant que je veux, il n'en reste pas moins que la douleur qui m'habite demeure toujours aussi intense, et je pressens qu'elle sera là pour un bout de temps. Autant m'y habituer.

— Si tu l'aimes, tu dois être avec elle, tranche Valentine.

J'ai un petit rire amer :

— C'est peut-être comme ça quand on a seize ans, mais dans la vie adulte, les choses ne sont pas aussi simples.

Val se penche un peu vers moi et me regarde droit dans les yeux :

— Que l'on ait seize, vingt-cinq ou cinquante ans n'a rien à voir. Ce qui importe ce sont vos sentiments à tous les deux.

— Nikki ne m'aime pas.

Cet argument a le mérite de clouer le bec à ma sœur… pour quelques secondes au moins.

— Elle avait l'air amoureuse sur les photos.

— Il y a une différence entre avoir l'air, et être, c'est pour ça qu'il y a deux mots d'ailleurs.

— Oh, ça va ! Ne joue pas au mec qui sait tout sur tout, Sami.

— Non, mais je rêve là ! Tu n'as que seize ans !

— Et alors ? C'est l'argument facile pour ne pas entendre ce que j'ai à dire. Mais je sais de quoi je parle.

Je me redresse un peu sur mon fauteuil :

— Ah bon ? Et comment ça se fait ? Tu as des petits amis dont tu ne m'as pas parlé ?

Ma sœur éclate de rire, et je reste perplexe.

— Bien sûr ! lâche-t-elle quand elle a retrouvé son sérieux.

Ma mine consternée lui arrache un sourire :

— Soyons sérieux, tu as déjà vu la série *Secret Life of The American Teenager*[3] ?

Je fronce les sourcils :

— Es-tu en train de me dire que tu es enceinte ?

Je m'étouffe presque sur le dernier mot.

— Mais pas du tout ! Je veux juste dire que les ados ont une vie bien à eux, et je ne déroge pas à la règle.

— Euh… Okay. Et donc ça fait de toi une experte en relation de couple ?

— Ah ! s'écrie-t-elle en pointant son index vers moi. Tu vois que vous étiez un couple ! Donc tu as des sentiments pour elle !

— Il y a seulement une centaine d'étapes manquantes dans ton raisonnement…

— Arrête de tourner autour du pot. D'ailleurs, si tu veux mon avis…

— Justement, non. Je ne le veux pas.

---

[3] Série télévisée américaine créée par Brenda Hampton.

Mais elle ne tient pas compte de mon interruption :

— C'est parce que tu es amoureux que tu ne veux pas me parler d'elle, sinon tu m'aurais dit que ce n'était qu'une affaire de sexe et on aurait changé de sujet.

— Non, mais j'hallucine, soufflé-je en passant mes mains sur mon visage.

— Allez, Sami, crache le morceau. Je ne bougerai pas d'ici tant que je n'aurai pas obtenu des réponses.

Je baisse les bras et observe ma sœur qui a pris une expression butée.

— Tu es consciente que je pourrais te mettre à la porte d'une seule main ? Peut-être même sans mes mains.

Je fais mine de considérer la question.

— Okay, tu es Monsieur Muscles, on a compris. D'ailleurs, tu sais que tu fais l'unanimité auprès des femmes dans les commentaires sous les photos sur le net ?

— Je n'ai pas envie d'entendre parler de ces photos.

Elles sont la raison pour laquelle Nikki m'a renvoyé, à juste titre, et je n'ai pas envie de m'étendre sur mon inaptitude professionnelle. C'est suffisamment humiliant que l'ensemble du pays soit informé de mon incompétence, pas besoin d'en rajouter.

— Si tu n'es pas amoureux de Trinity.

Je la reprends :

— Nikki.

Ma sœur hausse un sourcil, l'air interrogateur.

— Elle s'appelle Nikki James.

— Pour le public, elle est Trinity, la reine de la pop.

Rien ne saurait être plus éloigné de la femme que j'ai appris à connaitre et dont je suis tombé amoureux. Trinity est tout le temps sous les feux de la scène, alors que Nikki est humaine et accessible. Elle a donné des cours de musique à des jeunes sans arrière-pensée. Non, la personne que je connais n'a rien d'une diva.

Ce n'est pas ce que tu pensais au départ.

Tout le monde a des a priori, et même si je n'en suis pas fier, je ne fais pas exception.

— Je comprends que tu ne souhaites pas étaler ta vie intime sur la place publique, continue Val.

— Merci, ironisé-je.

— N'empêche que ça te ferait une publicité plus que bienvenue pour la salle…

Je songe à l'argent que j'ai perdu en n'allant pas jusqu'au bout de ma mission. Murray devrait me payer, mais pas en totalité. Je peux dire adieu à ma liberté : Helfer ne me laissera pas m'en tirer aussi facilement. Tant que j'aurai une dette envers lui, il aura de l'emprise sur moi.

Étrangement, cette perspective ne m'ennuie pas autant que ça le devrait. Sans doute que je suis trop sous le coup de la rupture avec Nikki pour ressentir la frustration habituelle quand je pense à Helfer.

— Mais tu es assez grand pour savoir quoi faire, conclut ma sœur.

— Super ! Maintenant qu'on est d'accord, on ferait mieux d'aller chez maman pour manger. Elle va nous attendre et ce serait dommage de manger froid…

Ma tentative de diversion ne prend pas avec Valentine. Elle me lance un regard qui en dit long.

— Tu l'aimes.

Sa voix est douce, mais implacable.

— Sami, tu n'as pas besoin de prononcer les mots à voix haute. Surtout si tu n'es pas prêt. Mais crois-moi, je ne t'ai jamais vu parler d'une femme comme tu parles d'elle.

— Tu veux me faire passer pour un mufle ou quoi ?

— Pas du tout ! Je dis simplement qu'en la matière, tu as toujours été évasif parce que tes conquêtes n'étaient que ça, des plans…

— Wow ! On va s'arrêter là avant que tu ne prononces certains mots qui m'obligeraient à te laver la bouche avec du savon.

Ma sœur rit tout bas.

— Si tu savais…

— Mais justement, je ne veux pas savoir ! D'ailleurs, la réciproque est vraie : tu ne dois pas savoir certaines choses de ma vie.

— On ne parle pas de sexe, Sami.

Je lui fais les gros yeux, mais rien ne peut l'arrêter une fois qu'elle est lancée, et on peut dire que maintenant, elle l'est :

— Je te parle d'amour. De ce sentiment qui te fait vibrer de l'intérieur, qui te fait voir la vie différemment quand tu es avec l'être aimé.

— Tu ne sais pas de quoi tu parles, petite sœur.

— Peut-être pas, admet-elle, mais je sais que tu es amoureux. Appelle ça une intuition familiale si tu veux, mais je le sens.

— Une intuition familiale ?

— C'est ça, moque-toi bien, mais je mettrais ma main à couper que tu es amoureux.

— Laisse tes mains tranquilles.

Je me lève pour signifier que la discussion est terminée, pourtant je n'arrive pas à faire taire une petite voix en moi qui me souffle que Valentine est dans le vrai. Mais que ma sœur ait tort ou raison importe peu, Nikki a rompu avec moi et m'a viré. Voilà tout ce qu'il y a à retenir.

Ah oui, vraiment ?

24

Nikki

La salle communale est silencieuse quand j'y entre ce soir. À tel point que je crois d'abord être arrivée la première, avant de me rendre compte que plusieurs personnes sont déjà là. Parmi elles, la bande de jeunes qui semblent ne jamais se quitter.

Anita me lance un regard compatissant, et je me demande quelles informations circulent sur moi. À mon plus grand étonnement, Lila s'avance vers moi :

— Bonsoir, Nikki.

— Bonsoir.

La jeune femme semble tendue et hésitante, alors je l'encourage :

— Je peux faire quelque chose pour toi ?

Elle ose à peine croiser mon regard quand elle me demande tout bas :

—Je voulais savoir si Samuel allait bien. Étant donné qu'il n'est plus avec vous…

Mon cœur se brise un peu plus à la mention de mon bodyguard, mais je prends sur moi pour répondre d'un ton dégagé :

—Il va très bien, il est retourné chez lui pour passer Noël en famille.

Lila hoche la tête avant de s'éloigner sans un mot de plus. Il semble que je ne sois pas la seule à qui Samuel manque…

J'attends que l'ensemble du groupe soit arrivé pour prendre la parole :

— Avant que nous commencions, je tenais à vous remercier pour tout ce que vous avez fait pour moi depuis mon arrivée. Vous vous êtes montrés ouverts et bienveillants à mon égard.

Mon regard glisse sur chacun d'entre eux. Ils ne s'en doutent pas, mais je les apprécie tous. Je me suis prise d'affection pour ce groupe d'amoureux de la musique, et c'est sans doute ce qui nous relie au-delà de nos âges, de notre sexe ou de notre couleur : nous aimons chanter.

—Je ne vous ferai pas l'offense de jouer la comédie : je sais que vous savez qui je suis.

Des murmures s'élèvent, mais personne ne me contredit. Je peux lire la bienveillance sur leurs visages, ce qui m'encourage à continuer :

—J'aurais dû vous en parler dès le début, mais j'avais besoin de me retrouver. Vous l'avez compris, et vous m'avez offert un endroit où je pouvais être Nikki James, une musicienne tout simplement. Merci pour votre générosité et votre humanité.

Encore une fois, Anita est la première à s'approcher de moi. Son regard exprime toute sa douceur à mon égard et elle me prend dans ses bras, aussitôt suivie par Lila et les autres. Ce câlin collectif a le mérite de me regonfler à bloc. Nous nous détachons, et quand chacun retrouve sa place, j'ai les larmes aux yeux.

La répétition se passe dans une ambiance survoltée maintenant que je n'ai plus besoin de me retenir. Je chante et joue comme je ne l'ai plus fait depuis très longtemps. Je me sens libérée d'un poids énorme.

À un moment, je tourne la tête vers la porte, m'attendant à trouver la présence apaisante de Sam, mais je ne rencontre que du vide. J'ai l'impression que l'on creuse un trou dans ma poitrine, à la place de mon cœur.

C'est ce que tu as voulu.

Non, c'est ce que j'ai cru devoir faire. Pour lui, pour qu'il aille bien et qu'il continue sa vie. Seulement voilà, parfois on est obligé de faire des choix qui font mal, qui mettent notre cœur à vif et qui laissent un vide dans notre âme. Me séparer de Sam en faisait partie.

La douleur est atroce, à peine supportable la plupart du temps, mais je sais que je dois apprendre à vivre avec. Il paraît que le temps guérit beaucoup de blessures, j'espère que ce sera le cas pour moi.

En attendant, je me plonge dans la musique. Elle est mon refuge, ma catharsis, un moyen de transformer ma souffrance en notes que je tire du piano.

Je reste dans la salle longtemps après que la répétition est terminée. Le son des accords que je plaque avec force sur les touches emplit l'espace. Les paroles défilent dans mon esprit, je n'ai pas besoin de les noter, car je sais qu'elles sont gravées en moi.

Le processus de guérison sera lent, je le pressens, mais je ne peux pas me défiler, alors à quoi bon y songer ? Tout ce que je peux faire en cet instant, c'est jouer et chanter jusqu'à n'en plus pouvoir, jusqu'à ce que ma peine perde une once de sa force. C'est illusoire, mais que pourrais-je espérer de mieux ?

Les notes s'échappent des cordes, s'élèvent dans les airs et s'enroulent autour de mon corps. Je sens les vibrations de l'instrument qui remontent le long de mes doigts et de mes mains. Nous communions ensemble, échangeons, nous entraidons aussi. Ce bois laqué de noir m'aide à rester à flot, même si les ténèbres m'appellent de plus en plus fort, je mets toute mon énergie à les repousser, et la musique m'y aide.

Le fantôme de Samuel me hante, il est dans mon esprit à chaque seconde qui passe. Comment est-il possible d'être tombée amoureuse de lui aussi vite ? Il aura suffi de quelques semaines pour que mon corps s'habitue à lui, en réalité, c'est bien plus fort que ça : je suis accro.

Est-il vraiment juste de comparer l'amour que je ressens

pour Sam à une addiction ? Sans doute que non, pourtant, les effets sont comparables : je recherche sa présence de manière compulsive, et quand il était là, je me nourrissais de notre relation. Notre lien était physique, la connexion était puissante, brulante et dévorante, mais notre complicité intellectuelle était tout aussi réelle.

J'aime tout en lui. Voilà, je ne peux pas dire mieux. Reconnaitre mes sentiments n'atténue pas ma peine pour autant. La musique enfle en moi, comme la lave dans la cheminée d'un volcan en éruption, puis les mots franchissent mes lèvres sans que j'y réfléchisse :

Si m'arracher le cœur pouvait tout changer
Je serais la première à m'y essayer
Dans ce monde où tout est familier
C'est l'enfer qui semble me guetter

Oh, que faire ?
Quand personne n'est là pour me protéger ?
Quand je suis face au gouffre qui menace de m'aspirer ?
Oh, que faire ? Oh, oh, oh… à part supplier

Si changer mon identité n'est pas mon idée
Il semble que je sois née
Pour prouver que j'ai le droit d'exister
Est-il si terrible que je porte sa moitié ?

Oh, que faire ?
Quand personne n'est là pour protéger ?
Quand on est face au gouffre qui menace de m'aspirer ?
Oh, que faire ? Oh, oh, oh… à part t'oublier

Les dernières notes s'égrènent avant de mourir pour laisser place au silence. Je retire mes doigts du clavier, mes mains retombent sur mes cuisses. Les larmes roulent sur mes joues, et je ne fais rien pour les retenir.

✳✳✳✳✳✳

Le froid est particulièrement mordant ce matin. Les semelles de mes bottes crissent dans la neige fraiche tandis que je marche dans le bois. Je passe de plus en plus de temps avec les rennes.

Elloïs m'a montré comment m'occuper d'eux, et je n'hésite pas à pénétrer dans leur enclos. Amor s'approche tout de suite, accompagnée par Moon. Le faon s'est vite habitué à moi, et je me demande si c'est parce que j'étais là au moment de sa naissance.

— Salut toi.

Je caresse sa petite tête au pelage marron. Ses poils sont plus doux que ceux de sa mère. Le petit se laisse faire l'espace de quelques secondes, avant de se cacher derrière Amor. Le renne me considère, et j'ai la sensation qu'on se comprend toutes les deux. Enfin… Il s'agit probablement d'un délire que je me suis créé pour échapper à la réalité de ma vie.

Je m'apprête à placer ma main sur le museau d'Amor quand un craquement s'élève depuis les bois. Le renne se redresse, sur le qui-vive, et scrute les grands conifères. Je tourne la tête dans cette direction, sans arriver à repérer l'origine du son.

— C'est sans doute le poids de la neige qui a fait plier une branche, marmonné-je.

Je ne sais pas qui j'essaie de rassurer d'Amor ou de moi, mais peu importe. De toute façon, en dehors des ateliers organisés à la grange, il n'y a jamais personne sur la propriété en dehors des Monroe et moi.

Et le paparazzi qui vous a pris en photo Sam et toi.

Un frisson glacé remonte le long de mon dos, mais je me raisonne tout de suite : le journaliste a eu les clichés sensationnels qu'il cherchait, maintenant que je suis seule, il n'y a plus rien à voir… Du moins, c'est ce dont je tente de me convaincre, même si je sais pertinemment que les journaux à scandales font leurs choux gras à partir du cliché le plus insignifiant.

— Je savais que je te trouverais là !

La voix familière me fait sursauter et je me tourne pour voir mon amie arriver :

— Tu pourrais arrêter de me faire peur, Elloïs !

Elle me lance un grand sourire.

— Je ne fais pas exprès, tu sais ?

Je marmonne une réponse inintelligible.

— Je pensais que nous pourrions faire un tour avec eux, ça te tente ? me propose-t-elle. Il faut les monter régulièrement et les entrainer aussi pour qu'ils gardent la forme.

Je considère le groupe de rennes qui a l'air de vivre sa meilleure vie. Rien ne dit qu'ils ont vraiment envie de se transformer en montures… Mais je me rappelle le moment où j'ai monté Saltatrix, c'était tellement apaisant, alors j'accepte.

— Super ! Laisse-moi quelques minutes et on pourra partir.

Lorsque les selles sont installées et que nous sommes sorties de l'enclos, je monte sur Saltatrix tandis qu'Elloïs est installée sur Smukke.

Les deux rennes semblent plutôt enclins à faire cette promenade improvisée. Nous nous engageons dans le sousbois, et je me cale sur la selle de manière à supporter le balancement chaloupé de Saltatrix.

— La forêt ne semble pas avoir de fin, remarqué-je.

— Elle est grande, c'est vrai, d'ailleurs elle se prolonge au-delà de la frontière canadienne. Mais pas d'inquiétude, nous n'irons pas si loin.

— Encore heureux ! Il ne manquerait plus que nous soyons arrêtées par la police montée !

Elloïs rit avant de déclarer :

— Je ne crois pas que nous aurions des problèmes, mais la question ne se posera pas.

La promenade continue quelques minutes en silence. Les rennes sont des animaux très agiles en dépit de leur grande stature et ils progressent avec assurance.

— Tu ne peux pas continuer comme ça, Nikki, reprend Elloïs.

Je fronce les sourcils :

— Qu'est-ce que tu veux dire ?

— Que tu l'aimes, ça crève les yeux, et que tu souffres atrocement !

— L'amour n'est pas toujours une condition suffisante, Elloïs.

— Selon qui ?

— Selon moi.

Je crois avoir clos le débat, mais je me trompe, car mon amie n'en a pas terminé avec moi :

— Tu ne lui as laissé aucune chance. L'amour n'a pas à être torturé.

Elle semble faire allusion à autre chose, à notre passé commun.

— C'est différent aujourd'hui, éludé-je.

— Pas vraiment. À l'époque tu as fait la même chose.

— Va au fond de ta pensée.

Je ne suis pas en colère ni ne redoute ce qu'elle pourra me dire.

— Eh bien, tu étais amoureuse de Jack, et quand c'est parti en vrille, tu as repoussé tout le monde. Moi la première…

L'émotion noue sa voix, et les souvenirs remontent... Je n'ai pas envie de les revivre, mais je ne crois pas avoir le choix. Et puis, mon amie mérite des excuses.

— Je suis désolée, Elloïs. J'étais jeune, et stupide. J'ai cru que pour me remettre de cette rupture, je devais tout quitter.

— Jure-moi que tu ne vas pas faire la même chose cette fois !

Je tourne la tête vers elle. Son visage d'habitude si joyeux est empreint d'une gravité nouvelle. Je mesure à quel point mon départ l'a blessée. À une époque, nous étions inséparables, et ensuite j'ai rencontré Jack. Je croyais l'aimer, plus tard, j'ai compris qu'il s'agissait d'un crush d'ado. Mais quand il a rompu, j'ai cru que mon monde s'effondrait. J'ai puisé dans ma douleur pour écrire mes premiers morceaux. Avec le recul, je crois que cette rupture m'a surtout renvoyée à la mort de mon père, et c'est ce qui a fait déborder le vase. Elloïs a été un dommage collatéral de mon manque de gestion de mes émotions.

— Je ne compte pas couper les ponts avec toi, Elloïs. C'est promis.

Mon amie semble se détendre un peu.

Je me penche pour flatter l'encolure de Saltatrix.

— Attention, Nikki ! s'exclame Elloïs.

Mais sa voix surprend ma monture qui tourne sur elle-même et ce n'est que lorsque je l'ai maitrisée, que je lève les yeux vers mon amie.

— Ton téléphone...

Je suis son regard et m'aperçois que l'appareil est sur le sol, réduit en bouillie par les sabots de Saltatrix. Il a dû glisser de ma poche lorsque je me suis penchée. Je saute de ma monture et récupère les débris.

— C'est de ma faute, se désole Elloïs tout en m'aidant.

Je saisis sa main, et la regarde dans les yeux :

— Tu n'y es pour rien, et ce n'est qu'un téléphone. Je m'en fiche.

Nous remontons en selle et prenons le chemin du retour en silence. Je suis plongée dans mes pensées. La perte de mon téléphone m'indiffère, en revanche, les propos de mon amie soulèvent des questions sur mes actes… Et si j'avais rejeté Sam par peur d'être quittée à nouveau ?

25

Samuel

L'entrainement m'apporte un répit bien mérité. La corde frappe sur le sol à intervalles réguliers, le petit bruit sec rythme mes sauts. Je vais bien au-delà de ce que mes muscles sont disposés à faire, et je sens chaque fibre de mon corps chauffer, ce qui ne m'empêche pas de continuer.

Peut-être qu'à force d'exercice physique, Nikki sortira de ma tête et de mon cœur ? C'est ridicule, je le sais bien, pourtant à mesure que je m'épuise, il ne reste plus d'énergie pour la douleur.

Je finis par m'arrêter. Mon corps bourdonne, mes poumons brulent et j'ai l'impression d'avoir pris une douche tant je transpire. Les endorphines relâchées dans mon organisme font enfin effet et je me sens un peu plus léger. Ce n'est que temporaire, j'en ai conscience.

— Eh bien ! Je vois que ton séjour dans le nord ne t'a pas fait perdre la forme !

Je tourne la tête vers Griffin, un des employés de la salle. Il porte un t-shirt sans manches qui révèle sa musculature puissante. Il a un faux air de Mike Tyson dans sa jeunesse, avec une carrure moins imposante.

— Content de te revoir, patron.

Je hoche la tête, sans répondre que je suis heureux d'être de retour, tout simplement parce que ce n'est pas le cas. Une partie de moi est restée à Carroll Falls, dans cette ville qui semble être dévouée à l'esprit de Noël. Certes, ici aussi on a décoré les rues et les devantures des magasins, mais ce n'est pas la même chose… C'est à cet instant que je me rends compte que j'étais impatient de fêter Noël là-bas.

Je reporte mon attention sur mon employé :

— Comment ça s'est passé pendant mon absence ?

— Bien. Pas d'incident notable. Tes clients étaient déçus de ne pas te retrouver, mais je leur ai expliqué que ce n'était que temporaire, et que j'étais capable de les faire souffrir tout autant que toi.

Il a un large sourire moqueur. Je suis connu pour mon exigence.

— Ma méthode donne des résultats, argüé-je.

Et mes pensées se tournent vers Nikki, forcément. J'espère que je l'ai assez entrainée pour qu'elle sache se défendre en cas de besoin…

— Oh, mais je n'ai jamais dit le contraire !

Griffin hoche la tête d'un air entendu.

— Avons-nous de nouvelles inscriptions ? demandé-je.

Son expression devient plus grave, il sait très bien qu'il est vital que la salle ait plus d'adhérents pour rester à flot.

— Une seule.

Je hoche la tête en essayant de masquer ma déception.

— Mais ce n'est pas la bonne période, continue-t-il, comme d'habitude on aura une affluence en janvier, avec les personnes qui prendront de bonnes résolutions pour la nouvelle année.

La discussion dérive sur nos méthodes d'entrainement et divers points d'organisation, mais je reste bloqué sur le manque de chiffre d'affaires de la salle.

La somme que j'ai perçue pour la mission avortée effectuée à Carroll Falls ne suffira pas à couvrir la totalité de mes dettes.

C'est dans cet état d'esprit que je me rends dans le bureau d'Helfer l'après-midi. Mais on ne le rencontre pas si facilement, et je me retrouve à patienter dans une pièce miteuse sous la surveillance d'un de ses sbires.

Le gars a une dent en argent qui scintille chaque fois qu'il retrousse les lèvres. Je ne comprends pas pourquoi il grimace ainsi, mais ce n'est pas à son avantage…

Au bout d'une demi-heure, on me laisse enfin entrer dans le bureau. Mon pire cauchemar se trouve là, assis dans un gros fauteuil. Tout comme Murray, sa stature ne fait pas honneur à son expérience de criminel endurci. Helfer est assez chétif, en le croisant dans la rue, on ne devinerait jamais à quel genre d'activités illicites il se livre dans les rues de

Los Angeles. Enfin… Lui ne fait plus rien, maintenant, il donne des ordres à ses gars qu'il gère d'une main de fer.

Son regard vif se porte sur moi sitôt que je suis dans la pièce. Je ne sais pas à quoi il pense, mais je peux deviner qu'il calcule déjà ce que je pourrais lui rapporter en intérêts pour défaut de paiement.

— Blake, lance-t-il de sa voix grinçante.

— Helfer.

Nous nous dévisageons en silence. Les sbires du mafieux restent plantés derrière lui sans broncher. Tu parles d'un job de merde !

— Je n'ai pas beaucoup de temps pour toi, sois concis, ordonne Helfer.

Je place ma main dans ma poche, ce qui déclenche des réactions immédiates parmi la bande de quatre hommes qui servent de garde du corps à Helfer. J'entends dans mon dos les cliquetis caractéristiques des crans de sécurité que l'on retire. Je remets mes mains en évidence :

— Je dois juste prendre l'argent dans ma poche. Je ne suis pas armé. D'ailleurs, vos potes m'ont fouillé quand je suis arrivé.

Helfer a un microsigne de la tête, et ses hommes rengainent leurs armes. J'en profite pour sortir la liasse de billets que je lance sur le bureau devant lui :

— Paiement anticipé, annoncé-je.

Le mafieux ne touche même pas à l'argent avant de me répondre :

— Il n'y a pas la totalité.

— Non, je te la paierai bientôt.

Helfer hoche la tête, mais le petit froncement de sourcils qu'il a ne me dit rien qui vaille.

— Tu as un mois, tranche-t-il.

Je suis déjà en train de réfléchir à la meilleure manière de rassembler cette somme quand il continue :

— À moins que ta petite amie ne puisse te dépanner tout de suite ?

Son regard torve déclenche une alarme en moi.

— Je ne vois pas de qui tu parles.

Cette fois, l'homme se lève et contourne son bureau. Il s'approche de moi, et je me dis pour la millième fois depuis que je l'ai rencontré, qu'il me suffirait d'une clé de bras pour le faire taire pour toujours… Sauf que je ne suis pas un criminel, et que je n'ai pas envie de laisser ma peau dans l'affaire.

— La chanteuse, dit-il, cette… Trinity. Tout le Net ne parle que de vous deux.

Eh merde ! J'aurais dû me douter qu'il ne passerait pas à côté de cette information…

— Nous ne sommes pas ensemble, contré-je.

— Dommage pour toi.

Étant donné que je suis en train de négocier avec un mafieux, je me dis que c'est une bonne chose qu'elle m'ait exclu de sa vie. Nikki n'a pas besoin de ce genre de problèmes.

— Le délai ne change pas, m'informe-t-il.

Je hoche la tête et m'apprête à tourner les talons, quand il ajoute :

— Tu pourrais me remercier de t'avoir recommandé pour le job.

Je me fige et lui lance un regard par-dessus mon épaule :

— De quoi tu parles ?

Le sourire mauvais qui s'affiche sur son visage me laisse imaginer le pire...

— Tu croyais vraiment que Murray était venu te voir par hasard ?

Mes yeux s'arrondissent sous l'effet de la surprise. Helfer est en relation avec l'agent de Nikki ?

— Comment ?

Je pivote pour lui faire face à nouveau.

— Tu me déçois, Blake. Je te croyais moins naïf que ça...

Sa condescendance est à vomir. Il se croit au-dessus du commun des mortels simplement parce qu'il n'a aucune conscience.

— Crois-tu vraiment que mes activités ne concernent que les pauvres toxicos du centre-ville ?

Ses yeux brillent d'une lueur mauvaise. Je ne réponds rien, et il continue :

— Je vais te donner mon petit secret...

Il marque une pause théâtrale qui n'a d'autre effet que de me donner envie de taper sur le sommet de son crâne de fouine.

— Si j'ai percé dans mon domaine, c'est parce que j'ai des contacts. Je bénéficie d'un réseau dont tu n'imagines même pas l'étendue...

Et tandis qu'il se vante de ses exploits de mafieux, je ne cesse de penser à Nikki et à son agent. Murray n'est pas l'homme qu'il semble être. Nikki en a-t-elle conscience ?

Un mauvais pressentiment me prend aux tripes. Je mets un terme à cette entrevue avec Helfer en m'engageant à régler mes dettes dans le délai imparti, et quitte au plus vite ce repaire de criminels.

❄❄❄❄❄❄

Je tourne en rond dans mon appartement. J'ai l'impression d'être un lion en cage qui n'attend qu'une occasion pour sauter à la gorge de son dresseur. Il faut que je fasse quelque chose pour Nikki.

La prévenir me semble être la chose à faire, alors je saisis mon téléphone et lance la communication. Mon appel arrive tout de suite sur son répondeur.

J'hésite un instant à tout lui expliquer avec un message, ce serait d'ailleurs la solution la plus simple pour ne pas avoir à parler avec elle. Ce n'est pas que je n'en ai pas envie, mais je sais que ça me fera mal d'entendre que tout va bien pour elle alors que moi je souffre de cette rupture.

La nuit est agitée, et je ne trouve pas le sommeil. Ce n'est que le lendemain matin que je trouve la solution à mon problème : je vais aller parler à Murray.

Rencontrer l'agent d'une star de la musique n'est pas

chose aisée, pourtant à force de recherches, je finis par trouver son adresse personnelle :

— Banco !

C'est comme ça que j'arrive dans un quartier riche de Los Angeles aux premières lueurs du jour. Je ne suis pas assez naïf pour croire qu'il me suffira de frapper à sa porte pour qu'il m'invite à entrer, alors je patiente devant son portail. Il finira bien par sortir de chez lui à un moment donné. En espérant qu'il ne soit pas en déplacement quelque part dans le pays…

Pour une fois, la chance me sourit, car sur les coups de neuf heures, le grand portail commence à coulisser sur ses rails. Je quitte ma voiture à la hâte et me plante devant le véhicule qui veut sortir.

À travers le parebrise, je vois Murray installé derrière son volant. S'il est surpris de me trouver devant chez lui, il n'en manifeste rien.

— Sortez ! lancé-je.

Le moteur de la voiture s'arrête, et l'agent quitte l'habitacle. Les bras croisés sur son torse, nonchalamment appuyé contre la carrosserie, il me demande :

— Qu'est-ce que je peux faire pour vous, Samuel ?

Je contourne le capot pour m'approcher de lui. Je ne peux pas m'empêcher d'être satisfait quand l'agent est obligé de relever la tête pour me regarder dans les yeux.

— J'ai parlé à Helfer, lâché-je.

Son visage ne trahit aucune émotion. Okay, ce mec est doué pour cacher ses pensées, mais je suis trop remonté pour me laisser avoir.

— C'est quoi le lien entre Nikki et lui ?

— Il n'y en a pas.

Je souris, il vient d'admettre qu'il sait qui est Helfer.

— Pourquoi lui avoir demandé conseil pour embaucher un garde du corps ? continué-je.

— Jusqu'à preuve du contraire, nous sommes libres de parler à qui on veut dans ce pays, Samuel.

La manière dont il prononce mon prénom me tape sur les nerfs. Il a ce ton paternaliste avec moi qui me donne envie de gerber.

— Pourquoi moi ?

— Il est étrange de vous poser la question après coup, vous ne trouvez pas ?

Touché. Je suis assez naïf pour avoir cru qu'on me présentait une opportunité professionnelle en or.

— Ça ne répond pas à ma question.

Murray se détache de la carrosserie :

— Considérez que vous avez eu des vacances tous frais payés, et vous avez sauté votre cliente en prime. Que voudriez-vous de plus ?

Je dois prendre sur moi pour ne pas lui balancer mon poing en pleine face.

— C'était quoi le plan ? grogné-je.

— Il n'y en avait pas…

Il marque une pause, puis son visage change : une expression de pure malveillance s'y affiche.

— Vous n'êtes personne, Samuel Blake. Un homme comme tant d'autres dans ce pays. Une quantité négligeable… Mais je vais vous expliquer comment ça se passe dans la cour des grands.

Il marque une pause, et je serre les poings pour lutter contre mon envie de lui coller une raclée dont il se souviendra longtemps.

— Je sais comment rendre une chanteuse célèbre, tout comme je suis expert pour faire fructifier ses actifs financiers. Ce que vous ne semblez pas comprendre, c'est l'importance des médias et du buzz dans tout ça.

Je fronce les sourcils, un mauvais pressentiment au fond du ventre.

— Voyez-vous, cher ami, les journaux à sensation n'attendent qu'une chose : d'avoir de la matière pour leurs articles. Et quoi de mieux qu'une liaison pour les satisfaire ?

Soudain, je comprends ce qui est arrivé à Carroll Falls…

— C'était vous !

— Bien sûr, répond-il d'un ton dédaigneux. Je maitrise chaque aspect de la vie de Nikki. Rien n'est jamais laissé au hasard. Rien.

— Sauf quand elle a failli mourir, assené-je. Où étiez-vous à ce moment-là ?

Il ne répond rien, mais son regard parle pour lui. Il vient de sous-entendre qu'il était au courant pour l'agression, non, en fait, c'est pire que ça : il en est sans doute le commanditaire. Et quand je comprends toutes les implications de ce qu'il vient de me dire, je disjoncte.

Sans même réfléchir, je le saisis par le col de sa chemise de luxe et le soulève un peu. Sa stature est petite, mais il pèse son poids.

Je resserre ma prise, étranglant un peu l'agent. En dépit de la situation, il garde son expression impassible. De toute évidence, je ne lui fais pas peur.

— Vous avez essayé de la tuer ! Espèce de malade !

Je le secoue plus fort. Seule l'image de Nikki qui passe dans ma tête me retient de tabasser ce connard de Murray.

— Ne soyez pas stupide, Samuel. Pourquoi voudrais-je tuer la chanteuse qui me rapporte des millions de dollars par an ?

Je suis scié qu'il ose aller jusqu'à mettre la vie de Nikki en danger pour gagner plus d'argent.

— Il y a des caméras de surveillance, Sam. Alors je vais considérer que cette conversation est terminée. Vous allez me lâcher et vous en aller.

Je jette un regard en direction du portail où se trouvent effectivement des caméras. Je relâche Murray et il s'affale contre la carrosserie. Mais l'agent reprend vite sa contenance, il lisse un pli imaginaire sur la manche de sa chemise.

— Partez, et ne revenez jamais. Nos affaires sont réglées. Et si je vous revois près de chez moi, Samuel, je me montrerai bien moins magnanime. Est-ce que vous comprenez ?

Oh que oui, j'ai saisi sa menace implicite. C'est clair comme de l'eau de roche, mais je ne lui réponds rien. Je m'écarte de son chemin et il monte dans sa voiture.

Je reste debout sur le trottoir à regarder le véhicule s'éloigner, la frustration me rongeant les entrailles. Cet homme doit payer pour ce qu'il a fait, et je ferai en sorte que ce soit le cas.

26

Nikki

L'effervescence gagne la petite ville à mesure que Noël approche. On peut sentir que les petits comme les grands attendent ce moment avec une impatience à peine dissimulée, et je reconnais que je commence à la ressentir aussi.

J'aide Elloïs à ranger les cadeaux dans la grange. Les ateliers sont maintenant terminés, chacun a fabriqué un présent qui sera déposé au pied du sapin le matin de Noël. J'ai hâte de participer à cet événement hors du commun.

— Nikki ?

— Oui.

Je me retourne vers Debra qui vient de me parler. La vieille femme m'adresse un sourire avenant.

— J'aimerais te demander quelque chose, commence-t-elle.

Pour la première fois depuis que je l'ai rencontrée, elle

semble un peu empruntée, comme si elle était gênée, alors je l'encourage :

— Tout ce que vous voulez, Debra. Dites-moi ce que je peux faire.

La grand-mère de mon amie hoche la tête puis se lance :

— Je sais que tu es venue ici pour te reposer et t'éloigner du public.

Je ne vois pas très bien où elle veut en venir, mais je la laisse parler.

— Mais dans la mesure où tu as aidé la chorale, et que tout le monde connait ton identité à Carroll Falls…

Elle semble à nouveau chercher ses mots, ce qui ne lui ressemble pas du tout. Debra est une personne franche et directe d'habitude. Est-ce que je l'impressionne ?

— Bon… Je crois qu'il n'y a pas d'autre manière de le demander : serais-tu d'accord pour donner un petit concert pour les habitants de la ville ?

Je cille plusieurs fois, pas certaine de la réponse à lui apporter. Ai-je envie de me produire à nouveau ? Je ne l'ai plus fait depuis le Super Bowl…

C'est alors que je me rends compte qu'un changement majeur est intervenu en moi : je n'ai plus peur. La foule ne m'angoisse plus, et je ne pense presque plus jamais à l'agression que j'ai subie. J'ai beaucoup progressé pour en arriver là, et j'ai de quoi être fière de moi.

Rien n'aurait été possible sans Sam.

J'en suis consciente, et je suis navrée de ne pas pouvoir lui exprimer ma gratitude.

— Alors, qu'en dis-tu ? demande Debra.

Son regard est empli d'espoir, et je n'ai pas le cœur à la décevoir. Sans compter que tous les habitants m'ont soutenue dans cette épreuve, je leur dois au moins ça.

Je hoche la tête :

— Oui, bien sûr.

Debra saisit mes mains et les presse fort.

— Je suis tellement heureuse ! Tout le monde va être content de l'apprendre !

— Quand voulez-vous que je chante ?

Debra n'a pas besoin de réfléchir pour me répondre, ce qui m'indique qu'elle a dû beaucoup y penser avant de m'en parler :

— L'avant-veille de Noël. Juste après le spectacle de la chorale. Tout le monde sera rassemblé sur la place, c'est le moment idéal.

Je hoche la tête. En vérité, le moment m'importe peu. J'accepte avec joie de chanter pour eux. Je sens l'excitation familière m'envahir. Cela faisait une éternité que je ne l'avais pas éprouvée, et ça fait un bien fou.

La douleur d'avoir rompu avec Sam est toujours présente, et je ne crois pas que je puisse faire quoi que ce soit pour l'atténuer, mais j'en fais abstraction pendant les jours qui suivent.

La notion du temps est assez relative à Carroll Falls, j'ai le sentiment d'avoir pénétré dans un univers alternatif, et je ne vois pas les jours filer, surtout parce que je passe des heures et des heures dans la salle de répétition. Ce spectacle sera différent de tous ceux que j'ai pu donner par le passé. Il sera authentique, sans fioritures, et sans artifices. La machinerie habituelle sera la grande absente de ce show, et cette idée me plait énormément.

Je réfléchis aux morceaux que j'interprèterai, et aux arrangements à apporter pour pouvoir les jouer sur la place en ville, je dois considérer l'aspect logistique de ma prestation. De toute évidence, je ne pourrai pas transporter le piano à queue là-bas, donc il faut que je fasse autrement. La solution me vient d'Anita qui joue de la guitare et qui accepte de m'accompagner. Les choristes proposent de m'aider également.

Tandis que je me laisse emporter par la musique, que je me plonge en elle, j'ai l'impression qu'elle agit sur mon cœur meurtri comme un baume apaisant. Mais cela me soulage uniquement le temps que durent les répétitions, car dès que je retourne au chalet, je ne peux rien faire contre les souvenirs qui m'assaillent.

La petite maison en bois me semble terriblement vide et inhospitalière maintenant que j'y vis seule. Samuel est parti il y a quelques jours seulement, pourtant ça me parait une éternité…

Assise sur le canapé, je griffonne des paroles dans un carnet de notes lorsqu'un bruit vient de l'extérieur. Il n'est pas sans rappeler le son que faisaient les bois d'Amor en raclant contre la façade.

L'animal s'est probablement échappé de son enclos. Encore une fois. J'enfile mon manteau et mes bottes avant de sortir. Je crois que j'ai noué un lien assez solide avec les rennes pour parvenir à les remettre dans leur champ sans l'aide d'Elloïs.

Le froid de la nuit me saisit dès que je franchis le pas de la porte. Il va probablement neiger bientôt. Moi qui n'aime pas la poudreuse d'habitude, depuis que je suis à Carroll Falls, j'ai appris à l'accepter et même à reconnaitre les signes précurseurs à son arrivée…

Je descends les quelques marches avant de m'engager sur le chemin qui fait le tour du chalet. Un sourire étire mes lèvres à l'idée de retrouver Amor. Je ne savais pas que l'on pouvait être aussi complice avec des rennes, or je me suis vite aperçue que ce sont des animaux sociables. Du moins, quand ils sont domestiqués.

Le bruit s'est arrêté au moment où j'ai ouvert la porte, mais je me dirige quand même vers l'arrière du chalet. Je m'attends à trouver un renne ou deux tout près, mais à l'instant où je dépasse l'angle du bâtiment, je me fige.

Il n'y a personne. Je regarde autour de moi. Amor a dû s'éloigner, mais je ne vois rien du tout. La neige est maculée par toutes les traces de pas et de sabots laissés dans la journée, ne me permettant pas de savoir dans quelle direction l'animal est parti.

Je fronce les sourcils, en proie au doute. Je ne peux pas rentrer au chalet en faisant comme si de rien n'était, s'il y a effectivement un renne à l'extérieur, il pourrait avoir des ennuis.

Je resserre les pans de mon manteau autour de moi et marche en direction de l'enclos, estimant que mes recherches seront plus faciles si je sais quel animal manque à l'appel.

La traversée des bois est rapide, d'autant que j'ai l'habitude d'y aller maintenant. Je rejoins rapidement l'enclos où je distingue les formes des rennes qui sont couchés sur le sol.

L'obscurité ne m'aide pas vraiment à les compter, alors je m'approche de la barrière. C'est à ce moment que je constate qu'elle est fermée.

Je reste figée un instant, perplexe. Comment Amor aurait pu venir près du chalet dans ces conditions ? Certes, je peux imaginer qu'elle arrive à sortir, mais à moins d'avoir des talents cachés, il est impossible qu'elle ait refermé la barrière derrière elle…

Un mouvement attire mon attention, un renne s'est rendu compte de ma présence et s'avance vers la barrière. Quand l'animal est tout près, je l'identifie :

— Amor !

Le renne passe la tête au-dessus de la barrière et je retire mon gant pour caresser son museau. Une petite silhouette rejoint Amor.

— Salut, Moon.

Sans faire attention à moi, le faon se place sous sa mère pour téter.

Je me rends à l'évidence, Amor n'a pas pu venir près du chalet ce soir. Alors qui d'autre ? Je m'écarte un peu pour dénombrer les rennes dans l'enclos.

— Six, sept, huit…

Le compte est bon. Mon cœur s'accélère un peu. Si les rennes ne sont pas responsables des bruits étranges que j'ai entendus, alors qui l'est ?

27

Samuel

L'entrevue avec Murray m'a donné des envies de violence que j'ai du mal à réfréner. Seul dans ma salle, bien avant l'ouverture, je boxe le sac de frappes. Mes gants amortissent les chocs, mais je sens que je vais au-delà de ce que je devrais faire.

Mais comment me calmer quand je sais de source sûre que Murray a orchestré tout ce qui est arrivé à Nikki ? La vague de rage incandescente circule dans mon corps, et je redouble d'intensité dans les coups que je porte sur le sac.

J'ai passé une nuit blanche à essayer de joindre Nikki et à tenter de faire le tri dans mes idées. J'en suis arrivé à la conclusion qu'elle n'était pas en danger, car comme l'a si bien dit Murray, il n'attenterait pas à la vie de la femme qui lui rapporte un max d'argent. Seulement voilà, il a quand même fait des conneries, et il est loin de tout maitriser. La preuve : Nikki a reçu une balle dans la jambe.

Je me souviens de la sensation de sa peau cicatrisée sur mes doigts quand je la caressais… Mon ventre se contracte. La frustration me domine, impossible de ne pas avoir la rage quand je suis loin de celle qui fait battre mon cœur.

Tu dois faire quelque chose.

Oui, mais quoi ? Dénoncer Murray à la police ? Ce serait ma parole contre la sienne, et franchement qui me croirait ? L'agent de Nikki a de l'influence, des connaissances, sans doute un tas de personnes prêtes à le couvrir si besoin. Tandis que moi je n'ai rien de mon côté. La seule option reste de convaincre Nikki que je dis la vérité et qu'elle vire ce pourri.

Je ne suis pas naïf, si Murray tombe, je sais qu'il m'en tiendra responsable et qu'il fera le nécessaire pour que Helfer coule ma salle, à moins qu'il ne me liquide carrément… Dans ce cas, qu'adviendrait-il de Val et de ma mère ?

Perdu dans ce dilemme moral, je frappe le sac encore et encore, comme si cela allait m'apporter la réponse dont j'ai besoin.

Une heure plus tard, je m'arrête et passe sous la douche sans avoir trouvé la solution à mes problèmes.

La seule chose qui me rassure dans cette situation, c'est que Murray a eu ce qu'il voulait : Trinity fait la une des médias juste parce qu'elle a eu une liaison avec son garde du corps. Murray va donc la laisser tranquille un petit moment.

Sauf que ça ne durera pas.

Et de toute évidence, l'agent est prêt à tout pour engranger plus d'argent. D'ailleurs… Aurait-il pioché dans la caisse ? Je ne sais pas d'où me vient cette idée, mais après tout ce qu'il a fait, il ne serait plus à ça près…

Je termine de m'habiller quand Griffin entre dans le vestiaire :

— Salut, patron !

Il m'adresse un large sourire. Cet homme est d'une nature facile, il est presque tout le temps de bonne humeur.

— Bonjour, Griffin.

Il se change et enfile une paire de baskets tout en s'adressant à moi :

— C'est quoi le programme aujourd'hui ?

Je fais un effort pour me souvenir des entrainements planifiés avant de le briefer :

— Trois habitués et un nouvel adhérent qui vient pour qu'on mette en place son parcours individualisé. Il a du poids à perdre, et il souhaite gagner en masse musculaire rapidement. Il suit un régime strict.

— Je vois. J'ai l'habitude de gérer ça.

Je hoche la tête. Griffin est le meilleur des coachs pour les hommes qui veulent retrouver la forme. Mon domaine à moi, c'est plutôt la préparation à la compétition. Mais en ce moment, il n'y a pas beaucoup de travail de ce côté-là.

— Il faut que j'amène Valentine au centre commercial, mais je repasse cet après-midi, l'informé-je.

Griffin se fige, m'observe attentivement pendant un instant.

— Toi ? Tu vas dans un magasin ? C'est une blague ?

Je pousse un soupir :

— Hélas, non.

— Tu as perdu un pari ?

— En fait, Valentine m'a extorqué cette sortie sous pré-texte que je lui ai manqué pendant mon absence et qu'elle a besoin de moi pour porter les paquets…

Cette idée est loin de me réjouir, mais je me prête au jeu parce que ma petite sœur m'a manqué elle aussi.

Griffin s'esclaffe :

— Tu es cuit ! Elle va te faire tourner en bourrique toute la journée !

— Je n'en doute pas.

Et même si la perspective d'arpenter toutes les allées du centre commercial me fait autant envie que d'attraper des morpions, je vais le faire. J'ai aussi un peu l'espoir que cela m'aidera à me changer les idées.

Mais sitôt arrivé dans le centre commercial, je me rends compte que j'ai tout faux : impossible de ne pas penser à Nikki quand les produits dérivés sont exposés dans la vi-trine d'une boutique, ou quand un de ses morceaux est dif-fusé dans les hautparleurs. C'est dingue, tout le temps où j'ai partagé son chalet, je n'avais pas mesuré à quel point elle était célèbre…

— Sami, tu m'écoutes ?

Je baisse la tête pour regarder ma sœur. Elle me dévisage, l'air interrogateur. Je n'ai strictement rien entendu de ce qu'elle vient de me raconter. Je hausse les épaules, et elle soupire :

— Tu ferais mieux d'aller la retrouver, tu sais ?

Je fronce les sourcils.

— De qui tu parles ?

— De Nikki, qui d'autre ?

— On ne va pas revenir là-dessus, marmonné-je.

Valentine se plante devant moi, les poings sur les hanches.

— Ben tu sais quoi ? Il va falloir t'habituer parce que je vais t'en parler pendant les dix années à venir, au minimum !

— Elle m'a viré, Valentine.

— La belle affaire ! Quand on aime quelqu'un, on ne se laisse pas décourager pour si peu…

— Qui a dit que je l'aimais ? demandé-je avec mauvaise foi.

— Tu ne l'as peut-être pas dit, mais je vois bien que tu as le cœur brisé et que tu n'es plus le même depuis que tu es rentré. Si ce n'est pas de l'amour, je ne comprends pas ce que c'est.

— Tu es insupportable.

— Euh, excuse-moi ! C'est toi l'horrible tête de mule qui ne veut rien comprendre ! Alors qui est le plus insupportable de nous deux, hein ?

Elle tourne les talons et entre dans une boutique. Je reste à l'extérieur, notre deal ne faisant pas mention de l'obligation de la suivre dans chacune des boutiques qu'elle visitera.

Valentine est bornée, et peut-être que c'est de famille, mais je reconnais que l'idée de retourner à Carroll Falls m'a traversé l'esprit cette nuit alors que je ne trouvais pas le sommeil et que je n'arrivais pas à joindre Nikki.

J'ai repoussé cette idée parce que rien ne justifiait que j'y retourne.

À part tes sentiments, tu veux dire.

J'ai un petit sourire amer. Oui, je suis amoureux de Nikki James, et si nous nous sommes rapprochés, rien ne dit que cela puisse fonctionner entre nous.

Valentine ressort de la boutique les bras vides, et je la dévisage, perplexe :

— Ce n'est pas ton magasin préféré ?

Son expression est grave, et je me demande ce qu'il a bien pu se passer à l'intérieur.

— Ne me dis pas qu'on t'a volé ton portemonnaie ! m'écrié-je.

Il ne manquerait plus que ça… J'ai réglé une partie de ma dette à Helfer, et il ne me reste plus grand-chose pour terminer le mois de décembre. D'ailleurs, les cadeaux vont être limités étant donné mon budget…

C'est alors que je remarque que Valentine tient son téléphone à la main. Elle me tend l'appareil, et mes craintes s'accentuent :

— Tu l'as cassé ? Val, je t'ai dit mille fois de ne pas prendre de selfies quand tu essaies des fringues ou du maquillage…

— Ce n'est pas ça. Regarde.

Son visage est fermé. Je baisse les yeux vers l'écran où le navigateur Internet est ouvert. Un article est affiché, et je ne peux pas manquer le titre qui s'étale en grosses lettres : *l'agresseur de la star Trinity en cavale.*

Je saisis le téléphone d'un geste vif et parcours l'ensemble de l'article. Mon cœur bat plus vite, et une crainte sourde me tord le ventre à mesure que je comprends ce qu'il se passe.

L'homme qui a tiré sur Trinity pendant le Super Bowl, Rowald Green, avait été interné en hôpital psychiatrique. Il avait été diagnostiqué avec un trouble sévère de la personnalité, apparemment, l'homme jurait être la réincarnation de Lee Harvey Oswald[4]. Il s'est évadé de l'établissement dans lequel il était hospitalisé.

Le reporter se demande si l'homme va tenter de retrouver Trinity pour terminer le travail.

Une vague de peur me saisit : grâce à Murray, Rowald sait où chercher Nikki.

— Tu vas aller la retrouver, et tu la protèges de ce taré. Tu m'entends Samuel ?

Je relève les yeux sur le visage grave de ma sœur.

— Elle a besoin de toi, ajoute-t-elle.

---

[4] Principal suspect dans l'assassinat de John Fitzgerald Kennedy.

❄❄❄❄❄❄

Le trajet pour retourner à Carroll Falls me parait particulièrement long, et quand je récupère une voiture de location, je roule bien au-dessus de la vitesse autorisée.

J'espère que Rowald Green n'a pas trouvé la localisation exacte de Nikki… L'inquiétude me ronge, mais je me rassure en me disant que Nikki est en sécurité à Carroll Falls. Elle doit l'être. Il le faut.

Les virages se suivent, et la nuit est en train de tomber quand j'arrive enfin en vue du clocher de la petite ville. Je m'étonne toujours qu'elle en possède un, mais après tout, l'architecture des bâtiments est plutôt européenne dans sa conception, alors j'imagine que le clocher va avec.

Mes considérations architecturales s'évaporent quand je me gare devant le chalet. Aucune lumière ne filtre par les fenêtres. Je grimpe rapidement les marches qui conduisent au porche, et trouve la porte verrouillée quand je tourne la poignée.

Je regarde autour de moi, envisageant de me rendre chez les Monroe pour vérifier si Nikki y est, mais je vois bien qu'il n'y a pas plus de lumière dans la maison principale.

La grange ! Je m'y rends rapidement, mais elle est vide. Je constate que les cadeaux que nous avons fabriqués ne s'y trouvent plus. Ce qui m'aiguille vers le centre-ville.

C'est ça ! Il doit y avoir une autre manifestation sur la grande place. Forcément. Je retourne dans la voiture et prends la direction du centre-ville.

Quand j'y arrive quelques minutes plus tard, je comprends que mon intuition était la bonne : les rues sont pleines de monde. Certaines personnes me reconnaissent et me saluent. Je demande plusieurs fois si on a aperçu Nikki, mais on me répond que non.

— Sam ?

Je me retourne et découvre Lila. Elle rougit quand nos regards se croisent. Je ne perds pas de temps à la saluer, et lui demande :

— As-tu vu Nikki ?

Elle fronce les sourcils, détourne les yeux, et répond enfin :

— Elle est probablement à la salle de répétition.

J'aurais dû y penser ! Je me hâte d'emprunter une rue parallèle qui m'y conduira rapidement. Lorsque j'arrive, la porte est ouverte.

— Nikki ? Tu es là ?

J'entre et parcours le couloir sans obtenir de réponse. La lumière est éclairée dans la salle principale, mais j'ai beau regarder partout, je ne trouve pas Nikki. De toute évidence, les lieux sont vides.

Des chants me parviennent depuis l'extérieur et je quitte le bâtiment pour me diriger vers la place centrale. Nikki doit assister au concert de la chorale.

Il ne me faut pas longtemps pour m'y rendre. La foule est dense, et malgré ma haute taille, je n'arrive pas à identifier qui que ce soit. Je me fraie un chemin en direction du sapin au pied duquel les chanteurs entonnent un air de Noël connu.

Mon regard passe en revue la foule, dans l'espoir d'y trouver Nikki, mais aussi avec la crainte d'y repérer son agresseur. La photo de l'homme qui accompagnait l'article que Valentine m'a montré semble gravée au fer rouge dans ma tête.

Je progresse lentement à cause de toutes les personnes rassemblées là.

Le chant se termine, et soudain, la foule se met à applaudir. Je tourne la tête vers la scène, et me fige.

Nikki est là. Ou plutôt Trinity. Je ne sais pas trop. En tout cas, elle tient un micro à la main, et l'expression sur son visage est sereine, heureuse même.

Quelque chose se brise en moi… Elle va bien. De toute évidence, elle n'a pas vécu mon départ comme une rupture. Lorsqu'elle prend la parole pour accueillir les habitants de Carroll Falls à ce petit concert, sa voix me fait l'effet d'une flèche que l'on me décoche en plein cœur.

Tu t'attendais à quoi, Samuel ? Si elle t'a viré, c'est justement parce que tu ne comptes pas pour elle.

Je suis sur le point de faire demi-tour et de m'en aller, quand j'aperçois un visage familier dans la foule. Le contact visuel est bref avant que l'homme ne se fonde dans la masse.

28

Nikki

Être sur le devant de la scène m'a manqué. Je fais ce constat tandis que j'écoute la chorale entamer un autre air de Noël. Je patiente en attendant que cela soit à mon tour de chanter, mais il y a quelques minutes j'ai eu un avant-gout en souhaitant un bon concert aux habitants. Les applaudissements m'ont fait l'effet d'une caresse sur la joue : réconfortante et apaisante.

Ma place est sur scène. Quelles que puissent être les épreuves à venir, je sais maintenant que je suis faite pour ça. L'épreuve que j'ai traversée m'a appris que je ne suis pas immortelle, et que même si la majorité de mes fans m'adorent, il y a certaines personnes qui ne m'aimeront jamais. C'est la vie. Je crois que je m'y suis faite.

Il faut que j'aille de l'avant, pour toutes les personnes qui m'aiment et m'encouragent. Je leur dois bien ça, car ce sont eux qui m'ont amenée où j'en suis.

Les choristes achèvent un ultime morceau, et la foule les applaudit à tout rompre. C'est dingue ce qu'un simple concert de Noël peut provoquer à Carroll Falls.

Pour la première fois de ma vie, je ressens la magie de Noël et son esprit qui flotte autour de nous pour mieux nous imprégner de sa douceur et de sa chaleur. Il y a quelque chose de différent ici, dans cette petite ville perdue dans les Rocheuses, le temps semble être suspendu, figé dans un mois de décembre sans fin. Et j'adore ça !

J'ai conscience que cette parenthèse est sur le point de se refermer, mais je l'en apprécie d'autant plus. Je me prends même à envisager de revenir ici l'année prochaine…

Cette fois, c'est à mon tour de chanter. Je m'avance et prends place devant la chorale. Nous avons répété quelques morceaux, et je sais qu'ils me soutiendront à merveille. J'échange un regard amical avec Anita qui s'est installée avec sa guitare.

Je prends une grande inspiration, le micro serré entre mes doigts, puis j'entame un de mes tubes, sans doute le plus connu, dans une version acoustique inédite.

Les notes s'égrènent et j'ai le sentiment de mettre le pied dans un autre monde : le mien. Là où tout est à moi, connu et familier. Je suis portée par les habitants de Carroll Falls qui chantent en chœur avec moi. C'est puissant, grisant. Les larmes me montent aux yeux parce que je sens la vague d'amour qui m'envahit et me transporte.

Mais l'instant est tout à coup interrompu par un cri de femme. Perçant la mélodie, détruisant l'instant de grâce que je viens de vivre.

Un peu désarçonnée, j'observe la foule, cherchant d'où vient ce cri, et quand la foule s'écarte, je peux voir deux hommes qui se battent. La grande silhouette de l'un d'entre eux m'est familière.

Mon cœur le reconnait avant même que mon cerveau ne fasse le rapprochement.

Sam…

J'ai du mal à comprendre la scène qui se joue sous mes yeux. Samuel vient de se jeter sur un autre homme habillé en noir. L'inconnu porte une capuche enfoncée sur sa tête, mais le vêtement bouge pendant la bagarre, et j'ai l'impression qu'on vient de me lancer un coup de poing dans l'estomac quand je le reconnais : c'est Rowald Green.

— Non !

Je ne me rends pas tout de suite compte que j'ai hurlé, et de toute façon, personne ne me prête attention. Tous les yeux sont rivés sur les deux hommes. Samuel prend rapidement le dessus et plante un violent uppercut dans le visage de Rowald Green qui s'effondre sur le sol.

Tout le monde semble croire que c'est terminé, mais quand mon agresseur se redresse, je peux voir l'éclat métallique qui brille entre ses mains.

Mon pire cauchemar est en train de se répéter, sauf que cette fois, c'est Sam qui se trouve face au canon. Mon cœur fait une embardée.

Si Sam meurt, je ne me le pardonnerai jamais.

— Rowald !

Ma voix, amplifiée par le micro, tonne sur la petite place. Je croise le regard fou de l'homme et ses lèvres s'étirent en un sourire mauvais. Un silence de plomb règne sur la petite place. Envolés la magie et l'esprit de Noël, c'est l'horreur qui a pris leur place.

À cause de moi.

Parce qu'un fan désaxé m'en veut et qu'il est venu jusqu'ici pour me retrouver.

Je croise le regard indéchiffrable de Sam, son visage est tendu et il reporte son attention sur son adversaire qui me dévisage.

— Je suis là, continué-je. Je sais que tu ne veux pas faire de mal à tous ces gens. Laisse-les partir et je ferai tout ce que tu voudras.

J'ignore Sam parce que je sais très bien qu'il n'approuve pas ce que je vais faire. Je tends le micro à Anita qui me jette un regard horrifié.

— Tout va bien se passer. Mettez-vous à l'abri.

— Mais…

Je ne lui laisse pas le temps de protester et quitte ma place à côté des choristes pour traverser la place. Déjà les habitants s'enfuient, et Rowald ne bronche pas, ce que j'interprète comme un point positif.

Pas après pas, j'approche de cet homme qui m'a hantée des mois durant, mais dont je n'ai plus peur maintenant. Je veux protéger Sam et les autres, même si c'est au péril de ma vie.

Lorsque je suis assez proche, Sam s'interpose :

— Ne fais pas ça.

Je le regarde bien en face, plongeant dans son regard vert, puis je pose ma main contre sa joue. Si ce sont les derniers mots que je prononce, je décide que ce soit les bons :

— Je t'aime, Sam, soufflé-je.

Il cille plusieurs fois, la façade qu'il maintient d'habitude se fissure, mais je n'ai pas le temps de m'attarder, il faut éloigner Rowald de cet endroit.

Je contourne Sam, et rejoins mon agresseur. Je ne l'avais jamais vu d'aussi près, mais la folie que je lis dans son regard me fait frissonner de peur. Je me ressaisis : il faut que je sois forte.

— Je suis là, l'assuré-je.

Il me dévisage comme s'il n'en croyait pas sa chance et son bras retombe un peu.

— Tu ne l'emmèneras nulle part ! lâche Samuel.

Il fait un pas en direction de Rowald, mais je m'interpose. Du coin de l'œil, je me rends compte que nous sommes seuls maintenant sur la place. Je ne suis pas soulagée pour autant, car il existe toujours la possibilité que Sam soit blessé, ou pire tué, et je ne peux pas l'accepter.

Je plante mon regard dans le sien :

— Tout va bien se passer.

Je voudrais qu'il comprenne le message que je tente de lui faire passer, mais Rowald tire brutalement sur mon manteau, me déséquilibrant. Je suis toute proche de lui à présent.

Il passe un bras nonchalant autour de mes épaules et s'adresse à Sam :

— Elle est à moi maintenant, tu peux rien contre ça.

Cet homme est complètement fou, je le savais déjà, mais son comportement ce soir le prouve à nouveau.

Le regard de Sam passe de mon agresseur à moi. Rowald me serre encore plus près, et c'est là que je comprends ce que je dois faire. L'idée surgit dans ma tête, et je ne réfléchis même pas.

J'assiste presque à la scène comme une spectatrice : je me vois saisir le poignet de Rowald, puis je bascule tout mon poids en avant comme Sam me l'a appris pendant nos séances d'entrainement. Le corps de mon assaillant passe par-dessus mon épaule et il atterrit parterre sur le dos. La surprise lui a fait lâcher son arme que Samuel récupère aussitôt. Ensuite, tout va très vite : le shérif Meryl arrive accompagnée par deux de ses hommes. Ils arrêtent Rowald qui s'agite comme le fou qu'il est.

Il lance des insultes et des coups, mais il n'a plus aucune chance de s'échapper. Samuel remet l'arme de Rowald aux autorités, puis on emmène mon agresseur jusqu'au véhicule de Meryl. Cette dernière vient me parler :

— Il faudra que vous passiez au poste demain. En attendant, je le colle en cellule et je pense qu'il y restera un bon bout de temps.

Je me contente de hocher la tête, et le shérif s'en va. L'instant qui suit, Sam me rejoint. Nous nous dévisageons un moment en silence.

Il m'a terriblement manqué, et maintenant qu'il est là, j'ai l'impression de mieux respirer.

— Merci, Sam.

Il hausse un sourcil étonné :

— De quoi ? Je n'ai pas maitrisé ce mec…

— Tu es revenu.

Son expression se radoucit et j'ai l'impression de me perdre dans ses iris verts. Sa présence à mes côtés est tellement naturelle… J'en suis toujours étonnée.

— Tu pensais ce que tu m'as dit ? demande-t-il.

Mais je n'ai pas le temps de répondre, car plusieurs personnes nous rejoignent. Il y a les Monroe, les jeunes de la chorale, et d'autres encore.

On nous pose des questions. Je réponds sans perdre Sam de vue. Je ne veux plus jamais que nous soyons séparés. Enfin… si tant est qu'il ressente la même chose pour moi.

— On ferait mieux de rentrer à la maison, s'écrie Debra. J'offre ma tournée générale de chocolat chaud pour nous remettre de nos émotions.

Tout le monde semble approuver cette proposition, et on se dirige vers le parking.

— Quelle histoire, commente Sid. Vous avez été héroïque, ma chère Nikki.

— J'ai été bien formée.

Et je jette un regard complice à Sam, lui-même assailli de questions par les jeunes. Seule Lila reste en retrait, elle a le teint livide et les traits tirés.

Lorsque nous arrivons aux véhicules, je m'approche d'elle :

— Tout va bien, maintenant, Lila. Je t'assure que cet homme ne te fera pas de mal.

Je pose ma main sur son épaule pour la rassurer, mais elle évite mon regard.

— Le shérif Meryl m'a assuré qu'elle allait l'enfermer à double tour.

— Ce n'est pas ça, murmure la jeune femme.

Elle semble en proie à un dilemme, mais quand elle relève finalement les yeux vers moi, je m'aperçois qu'elle pleure.

— Je suis désolée, tout est de ma faute, Nikki.

— Mais non, pas du tout. Cet homme n'était pas ici à cause de toi. Il ne faut pas penser des choses pareilles.

Lila secoue la tête et ses larmes redoublent :

— Je... j'ai vu Sam dans la soirée, et quand il m'a demandé où te trouver, j'ai dit que tu étais dans la salle alors que je savais que tu étais sur la place. S'il était arrivé plus tôt...

Je secoue la tête :

— Mais non, crois-moi, même s'il était arrivé plus tôt, cela n'aurait pas empêché Rowald de tenter de m'agresser. Il était là pour ça, et bien trop motivé pour se laisser distraire.

La jeune femme pleure toujours.

— J'étais jalouse, souffle-t-elle.

Je comprends sans qu'elle ait besoin d'en dire plus… Elle a un faible pour Sam, et elle était jalouse de notre relation. Je la prends dans mes bras.

— Tu n'as rien fait de mal, d'accord ?

Je m'écarte et pose les mains sur ses épaules pour mieux l'observer. Elle finit par hocher la tête en reniflant.

— Allez, on se retrouve chez Debra pour boire un chocolat chaud. Okay ?

Elle acquiesce et va retrouver Anita.

Je me retourne pour découvrir Sam qui est appuyé contre la carrosserie d'une voiture. Je le dévisage un instant, et quand il ouvre ses bras en grand, je me précipite vers lui.

Pressée contre son grand corps, je me sens à l'abri.

— Je suis fier de toi, me glisse-t-il à l'oreille.

J'admets que ce n'est pas la déclaration à laquelle je m'attendais.

— Tu l'as désarmé sans difficulté, je suis impressionné, ajoute-t-il.

Je m'écarte pour le regarder en face.

— Pourquoi es-tu revenu, Samuel ?

— Parce que tu ne réponds jamais à ton téléphone.

Je fronce les sourcils :

— Je l'ai cassé et ne l'ai pas remplacé… Ce n'est pas comme si j'avais des amis ou de la famille à qui parler…

Il repousse une mèche de mes cheveux sur le côté.

— Eh bien, ça va changer.

Je sonde son regard, à la recherche de réponses. Est-il en train de sous-entendre ce que je crois ?

— J'ai beaucoup de choses à te dire, Nikki. Tu ne sais pas qui je suis vraiment.

Il semble soudain porter tout le poids du monde sur ses épaules.

— Si tu dois me faire des confidences, on ferait mieux de rentrer à la maison, dis-je sur un ton léger.

Samuel me dévisage, puis il hoche la tête.

29

Samuel

On a tellement de choses à se dire, malheureusement pour nous, sitôt arrivés sur la propriété des Monroe on nous exhorte à entrer dans le chalet principal pour boire un chocolat chaud.

— Après ce qu'il vient de se passer, je n'ai pas le cœur à refuser, me glisse Nikki.

Je hoche la tête, et saisis sa main. Il n'est plus question de se cacher, ou de faux semblants, je l'aime, et je me fiche que le monde entier soit au courant. Bien que techniquement, l'information a déjà fait le tour du monde…

Nous jouons le jeu et buvons le chocolat chaud de Debra. La boisson est délicieuse, pas autant toutefois que la présence de Nikki à mes côtés. Comment ai-je pu être aussi con ? J'aurais dû comprendre plus tôt, et revenir même si elle m'avait viré.

Valentine avait raison, et je sais qu'elle se foutra bien de moi quand je lui en parlerai.

La soirée a été mouvementée, pourtant les Monroe et leurs amis ne semblent pas plus émus que ça. Décidément, les habitants de cette ville arriveront à me surprendre jusqu'au bout.

Après deux bonnes heures passées chez Debra et Sid, je presse la main de Nikki. Ma compagne comprend mon message, car elle se lève et nous prenons congé de nos hôtes.

Elloïs nous rejoint au moment où nous atteignons la porte d'entrée.

— Nikki !

La chanteuse se retourne vers son amie qui s'avance et la prend maladroitement dans ses bras.

— J'ai eu peur pour toi, souffle Elloïs.

Nikki lui tapote affectueusement le dos :

— Tout va bien maintenant.

Les deux amies se séparent, Elloïs hoche la tête :

— Je ne vous retiens pas plus, j'imagine que vous avez plein de choses à vous dire.

Elle essuie une larme qui a roulé sur sa joue, et nous nous quittons.

Retourner au chalet est étrange. J'ai l'impression d'être parti il y a une éternité, et à la fois, c'est comme si c'était seulement il y a quelques heures… Non, vraiment, je crois qu'il y a un espace-temps spécial dans cette ville.

À l'intérieur, je retrouve l'odeur du feu de bois ainsi que sa chaleur. Je quitte mon manteau et le suspends à côté de l'entrée avant de retirer mes bottes. Mes affaires sont restées dans le coffre de la voiture, mais cela n'a aucune importance. Tout ce qui compte, c'est Nikki.

Je la dévisage comme si elle était la chose la plus merveilleuse qu'il m'ait été donné de voir. Et c'est le cas en fait. Mon cœur bat un peu plus vite quand je la détaille de haut en bas. Il me semble qu'elle a perdu un peu de poids, quelques kilos tout au plus.

Nos regards se trouvent.

— Tu m'as manqué, avoué-je.

Elle hoche la tête. Sa déclaration de tout à l'heure tourne en boucle dans ma tête, elle est amoureuse de moi, mais elle ne me connait pas.

— Il faut qu'on parle, ajouté-je. Il s'est passé des choses à Los Angeles quand je suis rentré…

Un silence passe entre nous, qu'elle interrompt :

— Il y a quelqu'un d'autre dans ta vie ?

Je cille plusieurs fois.

— Non, pas du tout ! Comment tu peux imaginer ça ?

Elle hausse les épaules, le visage triste et fermé. Alors, je ne résiste plus et m'approche d'elle. Je place mes mains sur ses épaules, attendant qu'elle me regarde dans les yeux pour lui expliquer :

— Tu ne sais pas tout sur moi. Il y a des choses que je dois te dire, si après m'avoir écouté, tu veux toujours de moi, alors nous pourrons parler d'un futur commun.

Une petite étincelle s'éclaire dans son regard, puis elle hoche doucement la tête.

— On ferait mieux de s'assoir, proposé-je.

Lorsque nous sommes installés, elle sur le canapé et moi sur le fauteuil en face, je rassemble mes idées. Enfin, je me lance :

— Quand j'étais jeune, j'ai fait pas mal de conneries. J'adorais me battre, et ça a failli mal tourner à plusieurs reprises. Mais j'avais un entraineur sérieux. Il m'a pris sous son aile, il m'a aidé à me canaliser. Et j'ai arrêté de déconner.

À mesure que je lui retrace mon passé, je me libère d'un poids.

— Quand il est mort, j'ai décidé d'ouvrir ma propre salle. C'était son rêve, et c'est devenu le mien.

Je déglutis, jusque-là, je n'ai rien dit qui puisse la faire fuir, mais cela va changer…

— Je n'avais pas d'argent pour le faire, mais j'avais la naïveté de croire que je pourrais trouver des investisseurs. Et j'ai trouvé.

Nikki hoche la tête et je continue :

— Sauf que je ne savais pas à qui j'avais affaire, et l'homme qui est devenu mon créancier est un mafieux.

Je marque une pause, attendant une réaction de la part de Nikki qui ne vient pas.

— Est-ce que tu comprends ce que je veux te dire ? lui demandé-je.

— Tu dois de l'argent à un mec pas net.

Je fais oui de la tête.

— Exactement.

— En quoi ça a un lien avec nous ?

Je réfléchis une seconde, ne sachant pas très bien comment lui raconter la suite… Alors je décide de simplement relater les faits : la proposition de Murray qui me permettait d'éponger mes dettes, mon entrevue avec Helfer, et enfin ma visite à Murray devant chez lui.

Quand j'en ai fini, Nikki se lève et se dirige vers la fenêtre. Un long silence passe avant qu'elle réponde :

— Je suis choquée, mais je te crois, Sam. En fait, ça explique certaines choses… Sa manière d'insister pour que je remonte sur scène et d'autres détails qui se sont accumulés au fur et à mesure des années.

Elle se tourne vers moi, et je me redresse pour la rejoindre et la prendre dans mes bras. Le soulagement qui me submerge est libérateur.

— Dès demain, je parlerai à Meryl, ajoute-t-elle. Je suis certaine qu'elle m'aidera. Il faut que je me débarrasse de Murray. Et toi, il faut que tu fasses plonger Helfer.

Je m'écarte pour la dévisager. Elle a l'air très sérieuse.

— Je rembourserai tes dettes, Sam.

— Je n'accepterai pas que tu donnes un seul dollar à cet homme !

— Je ne manque de rien, et j'ai plus d'argent que je ne pourrai en dépenser en toute une vie, donc si je peux t'aider, je le ferai. Surtout que si je ne t'avais pas viré, tu aurais déjà épongé tes dettes.

Elle marque un point, mais j'ai quand même des réticences.

— Je t'assure que ce sera mieux ainsi, Sam.

Je hoche la tête, mais je ne suis pas convaincu.

— Pourquoi ce serait toujours à l'homme de protéger et soutenir la femme ? insiste-t-elle. J'ai les moyens de t'aider, laisse-moi le faire.

— On en reparlera…

Nous nous dévisageons, chacun campé sur ses positions. Je fais dériver la conversation :

— Il y a encore autre chose dont je dois te parler.

Son regard se voile un peu, et je décide de ne pas jouer avec ses nerfs :

— Tu es une femme incroyable, Nikki James. Je n'ai jamais rencontré une personne telle que toi.

Je marque une pause pour mettre mes pensées en ordre, avant de continuer :

— Tu es belle, forte, intelligente, talentueuse, généreuse… Quelque part au milieu de ses montagnes, entre les courses de rennes et le patinage sur la rivière gelée, je suis tombé amoureux de toi.

Elle cille plusieurs fois, mais reste silencieuse.

— Je t'aime, Nikki.

Dans un mouvement tendre, elle se hisse sur la pointe des pieds et dépose un baiser sur mes lèvres. Je saisis sa taille et maintiens son corps contre le mien. Je ne veux plus que l'on s'éloigne, plus jamais.

Je l'embrasse en retour, mettant tout mon amour dans cette étreinte. Et lorsque je l'allonge sur le canapé, j'ai la sensation de revenir à notre première fois, ici même il y a quelques semaines.

Quand nos deux corps ne font plus qu'un, je sens à nouveau mon cœur battre normalement, comme s'il venait de retrouver un morceau manquant.

❄

Je tiens Nikki dans mes bras tandis que les cadeaux passent de main en main. L'incident avec l'agresseur semble avoir été oublié, ou peut-être que les habitants de Carroll Falls en ont fait abstraction pour ne pas gâcher leur fête favorite.

Les présents fabriqués par tout un chacun forment une sorte de grosse montagne au pied du grand sapin. Les guirlandes sont allumées, donnant une allure encore plus féérique au décor.

— C'est complètement dingue, s'extasie Valentine à côté de nous.

Je jette un coup d'œil à ma sœur : ses joues sont roses à cause du froid, elle tient ses mains pressées l'une contre l'autre, en fait, elle a le même air émerveillé que lorsque nous l'avions amenée à Disneyland.

Nikki a insisté pour affréter un jet privé afin que ma mère et ma sœur nous rejoignent. Elle ne voulait pas que ma famille passe Noël sans moi, et moi je ne voulais pas le fêter sans Nikki. J'ai conscience que lui présenter ma famille peut sembler un peu prématuré, mais peu m'importe. Je veux être entouré des femmes que j'aime.

Val était surexcitée, et quand elle est arrivée hier soir, elle a tout de suite assailli Nikki de questions. Ma petite amie (c'est encore étrange de la qualifier ainsi) s'est montrée chaleureuse et amicale à l'égard de ma mère et de ma sœur.

— Et encore, tu n'as pas tout vu, répond Nikki. On a eu droit à une course de rennes, une balade en patins sur une rivière gelée, un concours de maisons en pain d'épices, et un tas d'autres choses encore…

— Sérieux ? Ces rennes-là ?

Valentine montre du doigt le traineau auquel sont attelés un groupe de rennes. Lovée entre mes bras, Nikki hoche la tête et le pompon de son bonnet me chatouille le nez.

— Je ne savais pas que l'on pouvait monter des rennes, commente ma sœur.

— Tu apprendras qu'ici rien n'est impossible, répliqué-je.

— Les habitants de Carroll Falls sont de vrais aficionados de Noël, et franchement, ça vaut le détour, renchérit Nikki.

— J'aurais aimé voir tout ça. Et dire que tu ne m'as rien raconté, Sami !

Ma sœur me lance un regard plein de reproches.

— Pourquoi ça ne m'étonne pas ? s'amuse Nikki.

— Mon frère est taciturne et secret… Je te jure, c'est une plaie !

Nikki se met à rire. Ma sœur et elle ont tout de suite noué une complicité qui me fait plaisir.

Tu es mal barré, mon vieux.

Je masque mon petit sourire derrière le pompon du bonnet de Nikki tandis qu'elles continuent à parler de moi comme si je n'étais pas là :

— J'avais remarqué, commente Nikki.

— Tu veux que je te dise ? Moi j'étais certaine qu'il était amoureux de toi, mais il n'a rien voulu lâcher ! Une tombe, sérieux !

Je resserre mes bras autour du corps de Nikki. Oui, je l'aime, et je ne compte plus la quitter.

Les paquets circulent dans la foule, et bientôt l'énorme pile n'est plus qu'un souvenir. Étant donné que ma mère et Valentine se sont ajoutées à l'événement, il manque des présents, mais Nikki et moi leur cédons volontiers les nôtres.

Le regard de ma mère s'illumine lorsqu'elle découvre son cadeau : une chaussette de Noël à suspendre à la cheminée.

— Quand j'étais petite, ma grand-mère m'en avait fabriqué une qui ressemblait beaucoup à celle-là, souffle-t-elle.

Ses yeux s'embrument un peu, et je ressens un élan de tendresse envers elle. Du bout des doigts, elle suit les contours du renne blanc qui est brodé sur le tissu rouge.

— C'est peut-être celle-là, qui sait ? commente Elloïs qui est là elle aussi. Après tout, rien n'est impossible quand la magie de Noël est présente !

La neige se met à tomber en petits flocons blancs qui parsèment nos vêtements. Les enfants courent partout en montrant leurs cadeaux, la joie s'affiche sur tous les visages autour de nous. La chorale se reforme et les chants ne tardent pas à emplir l'air.

J'enfonce mon visage dans le cou de Nikki, respirant à pleins poumons son odeur familière maintenant. En effet, tout est possible quand la magie de Noël est présente, même réunir deux personnes aussi différentes que Nikki et moi.

Épilogue

Samuel

Deux ans plus tard

Comme chaque année depuis que je les ai rencontrés, nous passons les fêtes chez les Monroe. Le repas de Noël s'annonce gargantuesque, Debra et Sid ont prévu une multitude de plats tous plus appétissants les uns que les autres. Attablés dans la salle à manger de leur maison, nous récitons une prière. Valentine, installée presque en face de moi, me tire la langue. J'ai toujours du mal à me dire qu'elle est adulte maintenant. Elle a intégré une université prestigieuse et je suis extrêmement fier d'elle.

De son côté, ma mère reste discrète. Il faut dire que quand elle est clean, c'est une femme plutôt réservée. Je tiens sa main dans la mienne et celle de Nikki, à ma droite. Je presse les doigts de ma mère avant de les relâcher quand la prière se termine. Nous n'avons pas toujours eu une bonne relation elle et moi, mais depuis quelque temps ça s'arrange entre nous et j'ai envie de croire que ce sera durable.

La neige s'est mise à tomber à l'extérieur et le feu crépite dans la cheminée. Je laisse échapper un petit soupir d'aise.

Les plats se succèdent, mais quand le jambon de Noël se présente, Nikki repousse sa chaise. Tous les regards se tournent vers elle, et surtout, vers son ventre rebondi. Elle porte un pull de Noël confectionné par Debra, la vieille femme a brodé un faon en fils dorés qui trône fièrement à l'avant du ventre de Nikki.

— Il faut que je me dégourdisse un peu les jambes, s'excuse-t-elle.

Je me lève et la suis jusque dans le hall de la grande maison. Sans même échanger un mot, nous enfilons nos manteaux et je m'agenouille pour l'aider à passer ses bottes.

— Il va falloir que ce bébé sorte, ronchonne Nikki, parce que je suis sur le point d'éclater.

Je relève la tête vers elle. Son visage est un peu plus rond, mais en dehors de son ventre, et de sa poitrine, elle n'a pas vraiment pris de poids.

— Tu es sublime, mon amour.

— Si tu dis ça pour avoir un câlin, je te préviens que ça ne marchera pas…

Je ris et me redresse, puis je passe un bras autour de ses épaules :

— Je sais être patient quand il le faut.

Elle sait très bien que je fais allusion à ma demande en mariage qu'elle n'a pas encore acceptée.

Nous quittons la maison, et je tiens sa main tandis que nous nous dirigeons vers notre chalet. Il ne nous appartient pas, mais nous le considérons tout de même comme notre chez nous.

La petite promenade improvisée nous conduit à l'arrière du chalet, et Nikki s'arrête pour souffler. Son regard se perd sur la neige fraiche.

— C'est ici que Moon est né, se souvient-elle.

Un sourire tendre flotte sur ses lèvres. Je passe mon bras autour d'elle et dépose un baiser sur sa tempe.

— Et si on l'appelait Chris ? propose-t-elle tout à coup.

Je comprends qu'elle parle de notre bébé. Le choix du prénom de notre fils est un sujet épineux qui nous occupe depuis le début de la grossesse. Je réfléchis à sa proposition :

— Chris Blake, pourquoi pas.

— Euh, excuse-moi ! Chris James Blake, s'il te plait !

Je plonge dans son regard, caresse tendrement sa joue. Je ne pourrais pas être plus heureux qu'en cet instant.

— Ça sonne bien, concédé-je.

Nikki m'adresse un sourire éblouissant qui me fait vibrer. J'aime cette femme plus que quiconque, et j'aime aussi notre enfant qu'elle porte.

— Chris James Blake, tu es prié de montrer le bout de ton nez très vite ! dit Nikki en s'adressant à son ventre.

— D'où t'est venue cette idée ? lui demandé-je.

Nikki hausse les épaules :

— Je me suis dit que ce serait un joli clin d'œil si son prénom avait un lien avec nos débuts, et puis j'ai pensé aux *Christmas Days*… Christmas… Chris.

— Tu es une femme exceptionnelle, déclaré-je avant de déposer un baiser sur ses lèvres.

De fait, je suis loin d'être le seul à le penser : la communauté de fans de Trinity a encore explosé après qu'elle a viré Murray et exposé ses agissements au grand jour. L'empathie du public a été immense, et Trinity a gagné le cœur d'autres mélomanes grâce aux morceaux qu'elle a composés pendant son séjour à Carroll Falls. Son album de Noël caracole en tête des ventes depuis des mois, bien après (ou avant) la saison des fêtes.

De mon côté, j'ai ouvert plusieurs autres salles à travers le pays. Nikki m'a aidé à régler ma dette auprès de Helfer, et ensuite le business a explosé. Sans doute aidé par le fait que notre relation soit de notoriété publique. Valentine avait raison sur toute la ligne. Ce qu'elle est futée ma petite sœur…

Nikki me rend mon baiser et notre étreinte devient rapidement passionnée, jusqu'à ce qu'elle se détache de moi. Ses yeux sont arrondis sous l'effet de la surprise, et elle porte les mains sur son ventre :

— Sam, je crois que notre fils va arriver.

— Là, tout de suite ?

Nikki hoche la tête, et grimace.

— Il est très pressé, je crois !

— Okay, on y va ! Hors de question que tu accouches ici.

Je retrouve mon sang-froid et l'aide à se diriger vers la voiture. Quelques minutes me suffisent pour prévenir la famille à l'intérieur du chalet principal et à récupérer la valise de maternité de Nikki. Puis nous filons vers l'hôpital.

On nous avait dit qu'un premier accouchement pouvait durer longtemps, mais il semblerait que notre fils soit très pressé de nous rencontrer, car une petite heure plus tard, il repose contre la poitrine de sa mère.

— Félicitations pour ce bébé de Noël, nous lance la sage-femme avant de nous laisser seuls dans la pièce.

J'embrasse Nikki sur le front sans cesser d'admirer notre fils.

— Bonjour, Chris, notre petit amour de Noël, murmure Nikki tout en caressant sa joue rose.

En cet instant, je n'ai plus aucun doute : la magie de Noël existe et on la trouve à Carroll Falls.

FIN

Note de l'autrice

Ceci est ma toute première romance de Noël, et j'avoue avoir éprouvé un plaisir particulier à l'écrire. J'avoue que se mettre dans l'ambiance des fêtes de fin d'années en aout n'a pas été simple, mais j'ai adoré cet exercice. J'espère que l'histoire de Sam et Nikki t'a plu.

Merci à ma Sestra, toujours là pour me suivre dans mes projets les plus dingues !! Love you to the moon and back <3

Merci à mon mari, toi mon roc (qui ne lis jamais les remerciements LOL), qui me soutiens envers et contre tout. Je t'aime.

Merci à ma famille, en particulier ma mère et ma grand-mère.

Merci aux blogueuses qui font un super travail pour m'aider à promouvoir mes sorties. Sans elles, mon travail ne serait pas le même, et j'adore cette collaboration avec chacune d'entre elles.

Merci à Maya, et à tes doigts de fée. Tu réussis toujours à capter l'essence de mes histoires, même quand il s'agit juste d'un pitch de quelques lignes ! Je crois qu'on est connectées ;)

Merci à Katia pour les corrections, ta rapidité et ton professionnalisme me permettent de proposer un texte abouti.

Et je te remercie, toi, lectrice, d'avoir embarqué sur mon traineau de Noël.

Si tu as envie de me donner ton avis sur le livre (ou même de papoter), tu peux me retrouver sur les réseaux sociaux :
Instagram : estelle. every
Facebook : Estelle Every auteur
E-mail : contact@estelle-every.com
Tu peux également t'abonner à ma newsletter pour ne manquer aucune information sur mes prochaines parutions :
Site Internet : estelle-every.com

Je te donne rendez-vous très vite pour de nouvelles aventures !

De la même autrice

Romance contemporaine

Endless Night, tomes 1 et 2, Hugo Poche, 2019

Is It Love – Colin, Hugo Roman, 2020

N'essaie pas de m'aimer, 2020

Ambition over Love, 2020

Nos sens interdits, 2021

Nos sens cachés, 2021

Tropical Love, 2021

En collaboration avec Tamara Balliana

Million Dollar Love, 2021

Million Dollar Sunset, 2021

Million Dollar Crush, 2021

Romance paranormale

Saga The Cupidon Brothers

Éros, 2020

Caleb, 2020

Élon, 2021

Andréas, 2021